itadakimasu
1
Yuki Yoshihara
Un homme à déguster !
SOLEIL MANGA

JE TE LES OFFRE...
ET QUAND TU SERAS ADULTE...
ELLES TE GUIDERONT VERS LE BONHEUR AUPRÈS D'UN HOMME !
itadakimasu Chapitre 1 : Maladie d'amour
L'ENFANT ESQUISSA UN SOURIRE...
UN SOURIRE GÊNÉ...

1 Yuki Yoshihara

itadakimasu

Un homme à déguster !

1
Maladie d'amour

itadakimasu

1

Yuki Yoshihara

Un homme à déguster !

DEUX ANNÉES ONT PASSÉ...
DEPUIS QUE J'AI TRANSMIS LE BOUQUET DU BONHEUR À CETTE FILLE...
JE ME DEMANDE CE QU'ELLE EST FINALEMENT DEVENUE...
CLINIQUE
AGENCE MATRIMONIALE CAMÉLIA
VIVE LES MARIÉS ! TOUS MES VŒUX DE BONHEUR !

MERCI, C'EST TRÈS GENTIL.
CE MARIAGE EST ARRIVÉ TELLEMENT VITE ! TOUT DE SUITE APRÈS NOTRE RENCONTRE !
AU NOM DU STAFF, NOUS VOUS SOUHAITONS LE MEILLEUR !
SOYEZ HEUREUX !
MERCI MADAME TSUBAKI !
ON ESPÈRE UN JOUR FORMER UN COUPLE AUSSI HARMONIEUX QUE LE VÔTRE !
....

TU AS ENTENDU ?
NOUS, UN COUPLE HARMONIEUX !
HO HO HO !
ALLEZ, ON SE REMET ENSEMBLE ?
DANS TES RÊVES, BOULET !
NAÉKO ! PROMIS, JE TE JURE QUE JE NE SERAI PLUS JAMAIS INFIDÈLE !
VOUS AVEZ ENTENDU ? LE PATRON M'APPELLE PAR MON PETIT NOM ! C'EST DU HARCÈLEMENT SEXUEL !
QU... QUE S'EST-IL PASSÉ ENTRE EUX DEUX ?
HEIN ? QUOI QU'IL EN SOIT, SOYEZ HEU-REUX, VOILÀ !

PATRON ! MLLE KÔENJI ! ON NE PARLE PAS DE DIVORCE DEVANT LES MEMBRES DE NOTRE AGENCE, VOYONS !
PARDON...
NAÉKO TSUBAKI A RETROUVÉ SON NOM DE JEUNE FILLE (NAÉKO KÔENJI) IL Y A TOUT JUSTE UN MOIS.
ELLE EST EMPLOYÉE DANS UNE AGENCE MATRIMONIALE, LAQUELLE EST DIRIGÉE PAR SON EX-MARI. ALORS FORCÉMENT, ÇA POSE UN PROBLÈME...
ET VOUS SEREZ PRIÉS DE VOUS REMARIER RAPIDEMENT ! COMMENT POUVEZ-VOUS ESPÉRER AVOIR UNE QUELCONQUE CRÉDIBILITÉ EN ÉTANT DIVORCÉS ET CÉLIBATAIRES ?
HA HA
FAUDRAIT DÉJÀ QUE JE TROUVE QUELQU'UN DE BIEN AVANT...
TU PARLES DE MOI ?
PATRON ! VOTRE PORTABLE RÉSERVÉ AUX FEMMES SONNE !

OH OH ! OUI ALLÔ FUMIK...
OH PARDON ! NON, NAÉKO !
J'AI UNE VISITE À FAIRE...
PATRON, IL SERAIT TEMPS DE BOSSER UN PEU, NON ?
GRRR
NAAAEEEKOOO !
LA FERME !
ME REMARIER ?
JE ME SUIS PLANTÉE LA PREMIÈRE FOIS MAIS JE PENSE TOUJOURS QUE LE MARIAGE EST UNE SOURCE DE BONHEUR.
LA PROCHAINE FOIS, CE SERA LA BONNE !
LA PROCHAINE FOIS ?
PFFF, TU PARLES !

CETTE SALLE DE THÉ EST SUPERBE !
MERCI ! NOTRE HÔTEL EST TRÈS APPRÉCIÉ ! ET EN PARTICULIER PAR NOTRE CLIENTÈLE D'ORIGINE ÉTRANGÈRE.
MAIS J'Y PENSE ! PUISQUE VOUS ÊTES ICI, VOUS PRENDREZ BIEN UN THÉ ?
JE VAIS FAIRE VENIR LE MAÎTRE.
AH, MERCI !
CET ENDROIT N'EST PAS MAL POUR ORGANISER UN RENDEZ-VOUS ENTRE NOS MEMBRES D'ÂGE MÛR.
ET SI JE FAISAIS VENIR MONSIEUR S. ET MADAME W. LE MOIS PROCHAIN ?
ENTR...
VOUS ÊTES LA REPRÉSENTANTE DE L'AGENCE MATRIMONIALE CAMÉLIA ?
OUI !
C'EST VOUS, LE MAÎTRE DU THÉ ?

BOM

BLAM
METTEZ-VOUS À L'AISE ! VOUS POUVEZ ÉTENDRE VOS JAMBES SI VOUS LE DÉSIREZ.
OU... OUI...
HEIN ? LUI, UN MAÎTRE DE CÉRÉMONIE ?
QU... !
UN HOMME SI JEUNE ?
HOMME ? NON, JE DIRAIS PLUTÔT...

TENEZ...
CET ADO-LESCENT...
CE TRÈS JOLI GARÇON...
....

JE...
JE SUIS UN HOMME...
AU CAS OÙ VOUS NE L'AURIEZ PAS REMARQUÉ.
HEIN ?
HEU... HÉ BIEN...
QUE VIENT-IL DE DIRE ?!?
OUI, IL SUFFIT DE VOUS REGARDER POUR LE VOIR !
NON ?
......
?
?
SLUUURP
VOUS REPRENDREZ BIEN UN AUTRE BOL ?
HMM ? NO... NON !
VOTRE THÉ ÉTAIT SUCCULENT !

HÉ BIEN ! IL A RÉUSSI À ME METTRE MAL À L'AISE, LUI !
JE VAIS PRENDRE CONGÉ DE VOUS ET...
ぢんっ
ZAAAAM
C'EST POUR CELA QUE JE VOUS AVAIS CONSEILLÉ D'ÉTENDRE VOS JAMBES TOUT À L'HEURE...
......
DES FOURMIS DANS LES GUIBOLES
HÉ HÉ
C'EST...
VOTRE PIED DROIT ?

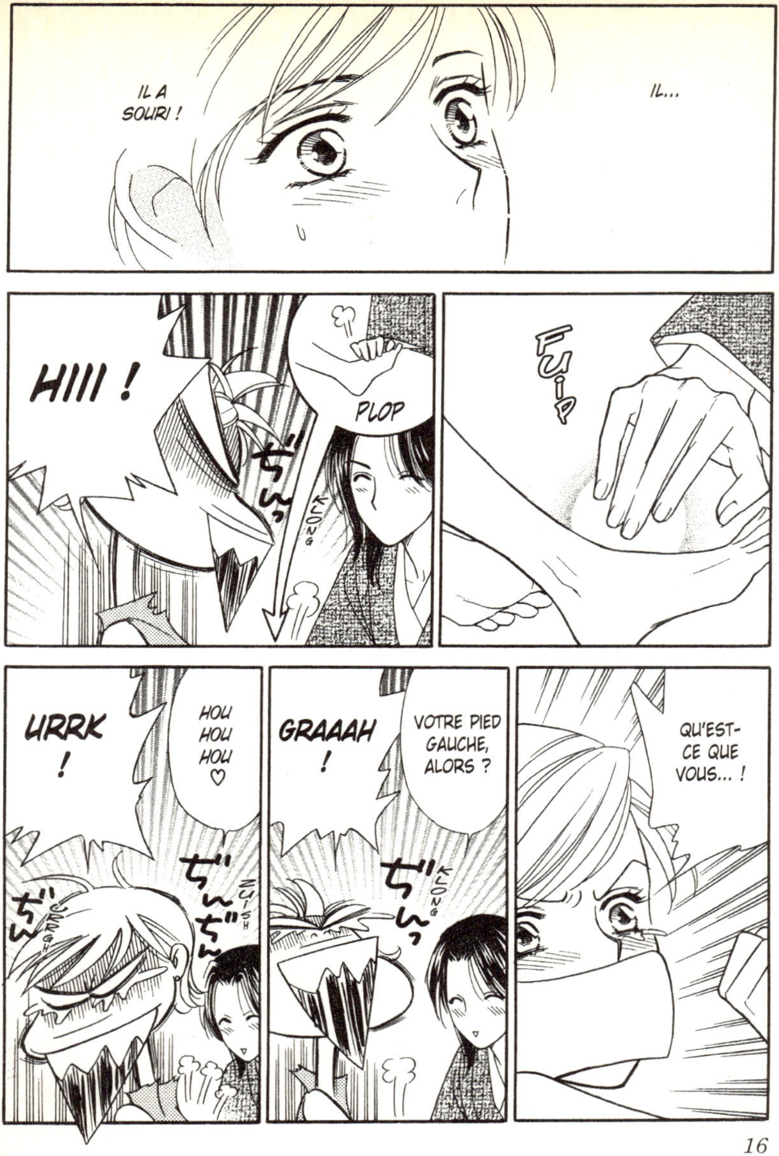
IL...
IL A SOURI !
FUIP
PLOP
KLONG
HIII !
QU'EST-CE QUE VOUS... !
VOTRE PIED GAUCHE, ALORS ?
KLONG
GRAAAH !
HOU HOU HOU ♡
ZUISH
URRGH
URRK !

HÉ GAMIN ! NE ME TOUCHE PAS LES GUIBOLES QUAND J'AI DES FOURMIS, PIGÉ ?
HA !
JE NE SUIS PAS UN ENFANT !
FUISH

ZAAACK
!?

HEIN ?
QU...
QUE...
QUE S'EST-IL PASSÉ !
HMM...
!!

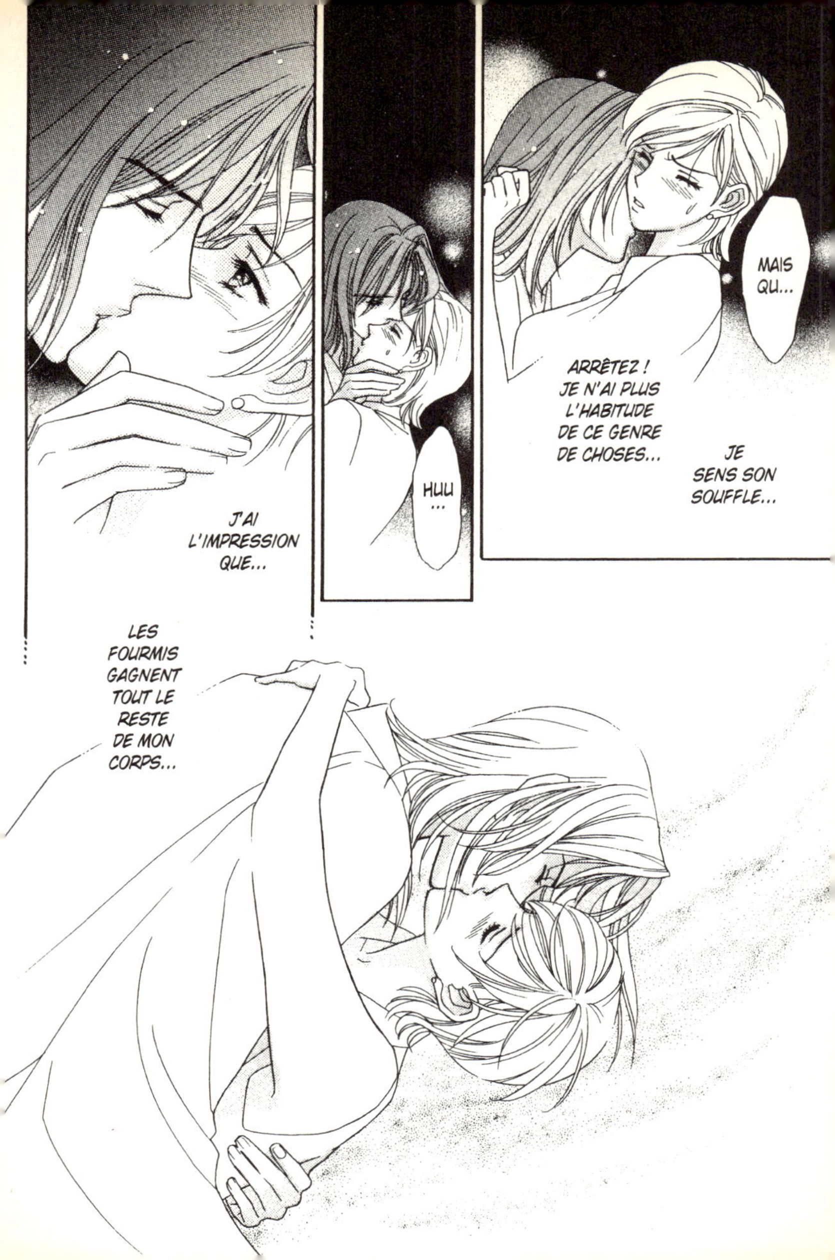

MAIS QU...
JE SENS SON SOUFFLE...
ARRÊTEZ ! JE N'AI PLUS L'HABITUDE DE CE GENRE DE CHOSES...
HUU ...
J'AI L'IMPRESSION QUE...
LES FOURMIS GAGNENT TOUT LE RESTE DE MON CORPS...

AAAH
ALORS ?
VOUS N'AVEZ PLUS MAL AUX JAMBES ?
NON...
TANT MIEUX...
PARCE QUE J'AI D'AUTRES CLIENTS QUI ATTENDENT LEUR TOUR ...
!!

RHAA ! LA HONTE ! IL AURAIT PU ME LE DIRE PLUS TÔT !
C'EST EN SUPPLÉMENT, ÇA ?
NON NON...
FLAP
FLAP
FLAP
VOUS ÊTES DE L'AGENCE CAMÉLIA, NON ?
HEIN ? OUI !
JE PASSERAI VOUS VOIR DEMAIN...

KLAAAC
HÉ BIEN NAÉKO ! TU NE NOUS DIS PLUS BONSOIR ?
TU M'AS RAMENÉ LES PÂTISSERIES À LA PÊCHE DE KOZA-SA ?
OUI OUI. LÀ...
MIAOU ?
TCHAC

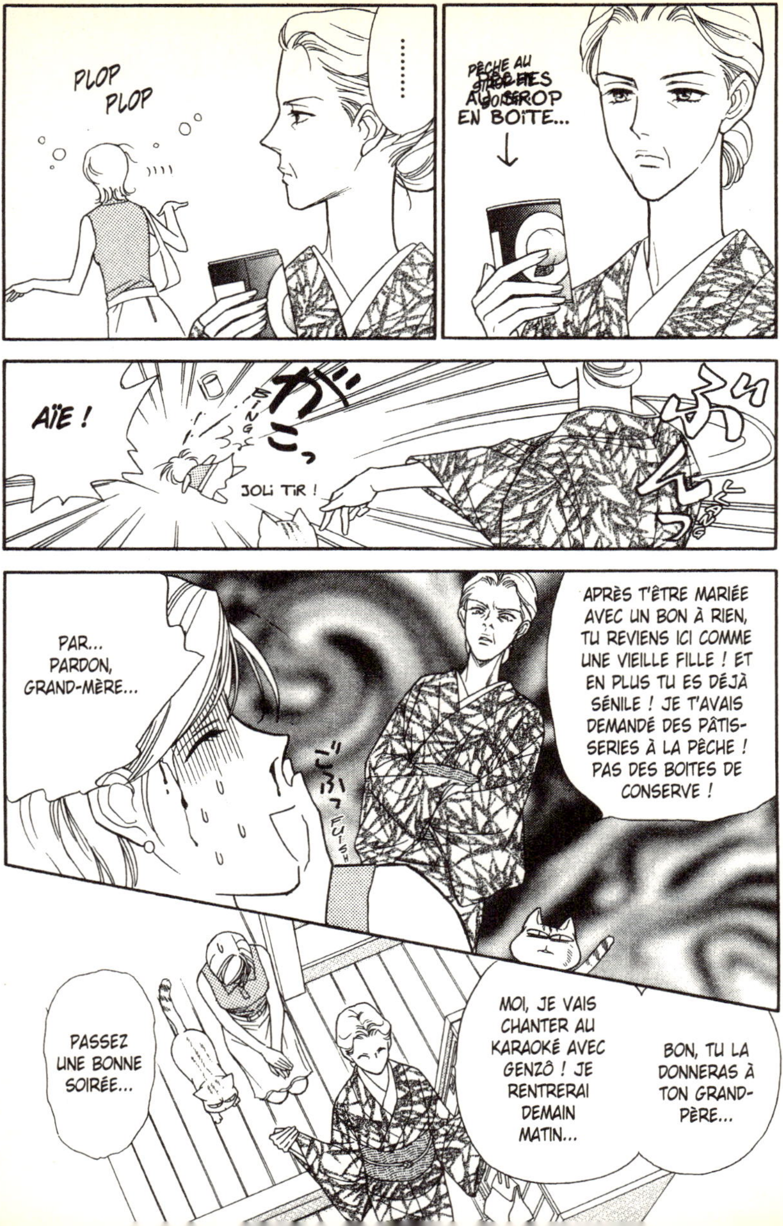

PÊCHE AU SIROP EN BOITE...
DES PÊCHES AU SIROP EN BOITE...
......
PLOP PLOP
AÏE !
JOLI TIR !
APRÈS T'ÊTRE MARIÉE AVEC UN BON À RIEN, TU REVIENS ICI COMME UNE VIEILLE FILLE ! ET EN PLUS TU ES DÉJÀ SÉNILE ! JE T'AVAIS DEMANDÉ DES PÂTISSERIES À LA PÊCHE ! PAS DES BOITES DE CONSERVE !
FUISH
PAR... PARDON, GRAND-MÈRE...
BON, TU LA DONNERAS À TON GRAND-PÈRE...
MOI, JE VAIS CHANTER AU KARAOKÉ AVEC GENZÔ ! JE RENTRERAI DEMAIN MATIN...
PASSEZ UNE BONNE SOIRÉE...

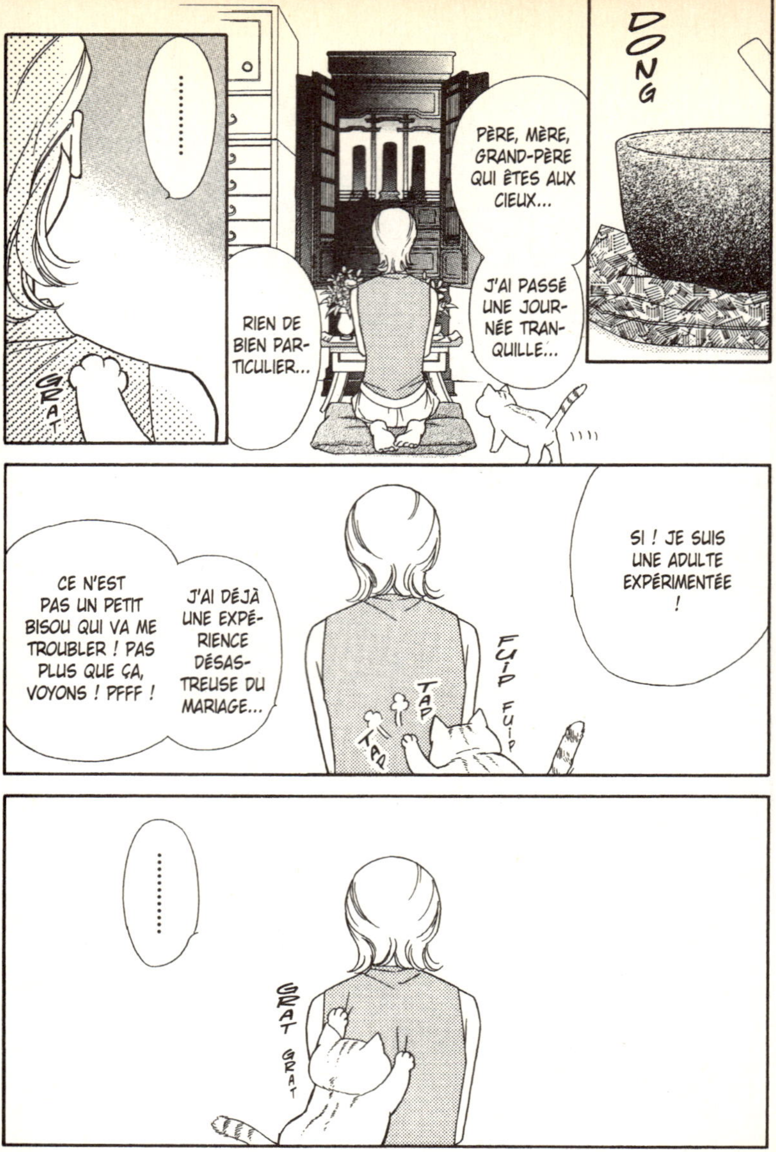
DONG
PÈRE, MÈRE, GRAND-PÈRE QUI ÊTES AUX CIEUX...
J'AI PASSÉ UNE JOURNÉE TRANQUILLE...
RIEN DE BIEN PARTICULIER...
....
GRAT
SI ! JE SUIS UNE ADULTE EXPÉRIMENTÉE !
FUIP
FUIP
TAP
TAP
J'AI DÉJÀ UNE EXPÉRIENCE DÉSASTREUSE DU MARIAGE...
CE N'EST PAS UN PETIT BISOU QUI VA ME TROUBLER ! PAS PLUS QUE ÇA, VOYONS ! PFFF !
....
GRAT
GRAT

PUISQUE JE VOUS DIS QUE CE BISOU NE M'A FAIT AUCUN EFFET !
SHRRR
JE MAÎ-TRISE...
CE N'EST SÛREMENT PAS N'IMPORTE QUEL GARÇON QUI POUR-RAIT FAIRE ÇA LORS D'UNE PREMIÈRE RENCONTRE !
IL NE M'A MÊME PAS DONNÉ SON NOM !
"JE PASSERAI VOUS VOIR DEMAIN."
PFF ! ENCORE UN DE CES DRAGUEURS SANS PAROLE !
NON NON, CE N'EST PAS POUR LUI QUE JE ME FAIS UN MASQUE AU VISAGE ET QUE JE CHOISIS MA TENUE DE DEMAIN AVEC ATTENTION !
MASQUE...
TOUT ÇA N'A ABSOLUMENT AUCUN RAPPORT AVEC CE GARÇON ! OUPS, J'ALLAIS OUBLIER DE ME FAIRE LES ONGLES...
SHRRR !

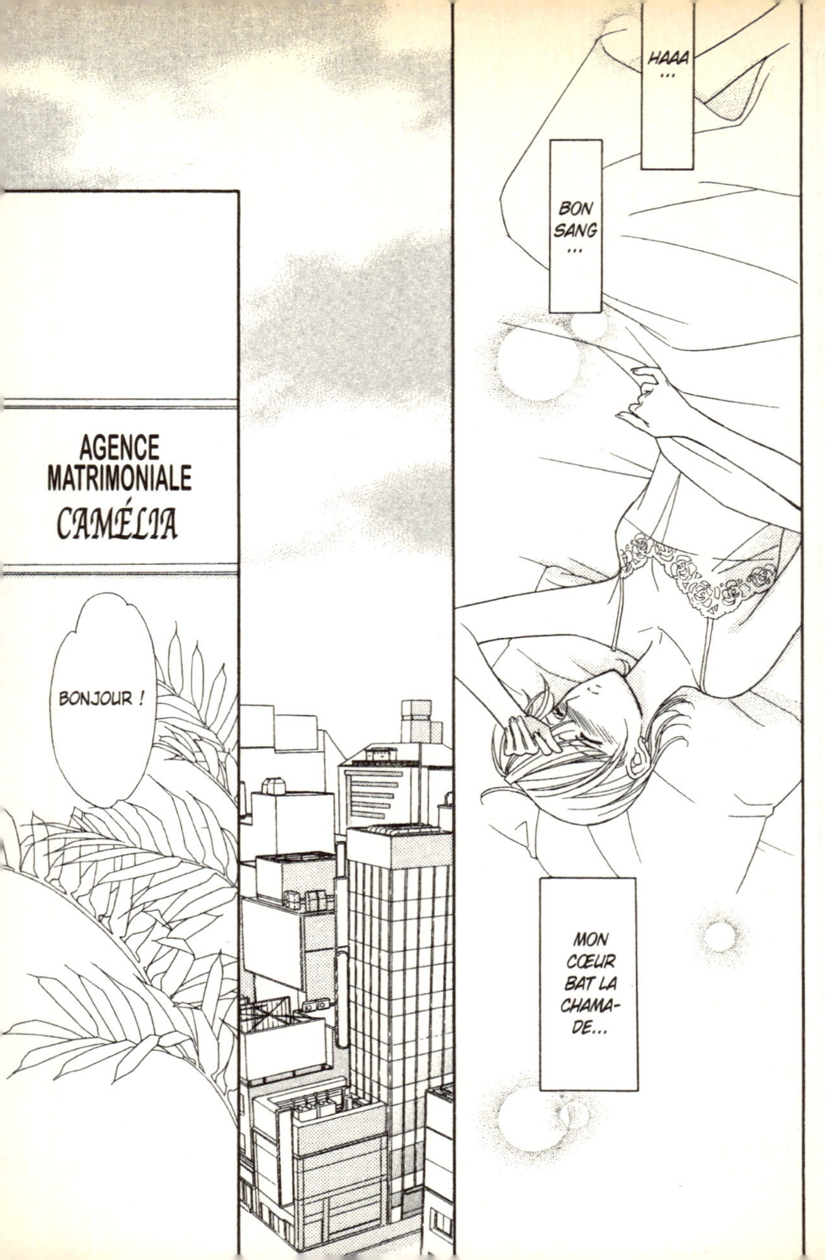
HAAA ...
BON SANG ...
MON CŒUR BAT LA CHAMA-DE...
AGENCE MATRIMONIALE CAMÉLIA
BONJOUR !

J'ARRIVE !
ガタン!
VLANG
HEU... VOUS ÊTES VENU VOUS INSCRIRE À NOTRE AGENCE ?
BONJOUR !
ZAAAASH
OUI ! BONJOUR !
VOILÀ !
AH... MERCI POUR LA LIVRAISON...
JE SIGNE OÙ ?
JE VOUS TROUVE BIEN TENDUE AUJOURD'HUI, MLLE KÔENJI ...
JE VOUS DEMANDE PARDON, MADAME MARIYA...
....
AU FAIT, D'OÙ VIENNENT CES FLEURS ?
NOUS N'AVONS POURTANT PAS DE COUPLES À CÉLÉBRER AUJOURD'HUI...

NAÉKO...
VIENS UNE SECONDE AVEC CES FLEURS, VEUX-TU ?
AH OUI !
VOUS AVEZ RAISON...
C'EST DE MOI...
OUI ?
COM-MENT DIRE...
JE VOUDRAIS ME REMA-RIER...

BRAVO ! AVEC QUI ? FUMIKA ?
NON ! ELLE, C'EST JUSTE DE TEMPS EN TEMPS... HEU, NON, ÇA C'EST HITOMI...
RHAAA ! PARDON ! NAÉKO !
ACCEPTE CE BOUQUET...
JE VOUDRAIS QU'ON REPARTE À ZÉRO...
SÔICHI...
TU SAIS TRÈS BIEN CE QUE J'EN PENSE...
OUI, JE SAIS...
MON PROBLÈME EST QUE JE PLAIS TROP AUX FILLES...
NAÉKO...
PFF, C'EST JUSTE QUE TU NE SAIS PAS RETENIR TON SLIP DE TOMBER !
S'IL TE PLAÎT...
QUOI QU'ON EN DISE, ON EST FAITS L'UN POUR L'AUTRE ! ON SE COMPREND TELLEMENT BIEN !
NOTRE COUPLE EST BIEN AU-DELÀ DE CES CONSIDÉRATIONS AMOUREUSES !

ET DIRE QU'AUTREFOIS, J'AIMAIS CETTE DÉSINVOLTURE DANS TES PAROLES ET SUR TON VISAGE...
NAÉKO, OUBLIONS CE PASSÉ...
DANS TES RÊVES, MON COCO !
ZAAAAM
HÉ LÀ !

QU'EST-CE QUE ÇA VEUT DIRE ? QUE TU AS QUELQU'UN D'AUTRE QUE MOI EN VUE D'UN NOUVEAU MARIAGE ?
ギャース ギャース
RHAAA
NON MAIS !
N'IMPORTE QUEL MEC FERA L'AFFAIRE ! DU MOMENT QUE CE N'EST PAS TOI !
TU ES VIRÉE !
HEIN ?
HÉ HÉ
TU CHOISIS ! LA PORTE OU TE REMARIER DE SUITE !
SI TU N'AS PERSONNE, ALORS REMETS-TOI AVEC MOI ! C'EST UN ORDRE VENANT DE TON PATRON !
CE SONT DES MENACES ?
VLAM
LA FERME VOUS DEUX ! Y'A DES CLIENTS, ICI !

AAAH !
TAP
AVEC LUI !
C'EST AVEC CET HOMME QUE JE VAIS ME MARIER !

HEIN ?
HEU, JE... C'EST QUE...
IL FAUT QUE J'EN FINISSE AVEC SÔICHI...
ALLEZ, UN PETIT MENSONGE M'AIDERA SÛREMENT...
EN FAIT, OUI...
....
....
はっ
HAAA !
ZUT ! J'AI PANIQUÉ ET...

WHA HA HA !
QUELLE BLAGUEUSE TU FAIS, MA PAUVRE NAÉKO ! TE MARIER AVEC MON FRÈRE ?
CE N'EST PAS UNE BLAGUE !
SON FRÈRE ?!?
BONJOUR, JE SUIS ÔJI...
LE PLUS PETIT FRÈRE DE SÔICHI...

PE...
PETIT FRÈRE ?
AAAH
FÉLICITATIONS...
FÉLICITATIONS...
JE NE M'EN SOUVENAIS PAS ! FAUT DIRE QU'ILS ÉTAIENT TELLEMENT DE FRÈRES ET SŒURS À NOTRE MARIAGE...
AAAH
QUOI ?
COMMENT AI-JE PU OUBLIER UN SI JOLI VISAGE ?
......
NAÉKO...
HA HA HA
JE TE SIGNALE QU'ÔJI EST ENCORE UN P'TIT JEUNE ! IL EST LYCÉEN... TU VOIS SON UNIFORME ?
BREF, ÉVITE DE DIRE N'IMPORTE QUOI ! BON, TU PRÉFÈRES QUOI ? LA PORTE ? LE REMARIAGE ? HEIN ?
LYCÉEN ?
......
JE PRÉFÈRE... PRENDRE LA PORTE...
NON ! DANS CE CAS, MARIONS-NOUS ! NAÉKO...

NAÉKO...
MARIONS-NOUS...

QU...
ÔJI ! NON MAIS ÇA NE VA PAS ?
IMBÉCILE ! TU AS PERDU LA TÊTE OU QUOI ?
"IMBÉCILE" ?

AH...
PLOP
NON, JE N'AI PAS MAL ENTENDU. TU AS BIEN DIT...
"IMBÉCILE"...
À MON SUJET, N'EST-CE PAS ?
BROOOH !
TU AS DIT :
"IMBÉCILE !"
SLAM
WHAAAA
UN TEL MOT, VENANT DE LA BOUCHE DE QUELQU'UN QUI A LA STUPIDITÉ DE FAIRE CHOISIR À SON EX-FEMME ENTRE LE CHÔMAGE ET LE REMARIAGE, N'A AUCUNE VALEUR...
ÔJI, CE SONT DES PROBLÈMES D'ADULTES ET...
CRÊTIN !

TU PRÉTENDS ENCORE ÊTRE UN ADULTE APRÈS CE COMPORTEMENT PUÉRIL ? QUEL CULOT !
PEUT-ÊTRE TROUVEREZ-VOUS QUE C'EST INCONSCIENT MAIS...
J'AI BIEN L'INTENTION DE PRENDRE SOIN DE NAÉKO !

PATRON, C'EST VRAIMENT VOTRE PETIT FRÈRE ?
OUI OUI, ÇA ME FAIT BIZARRE À MOI AUSSI.
HAAAA
VOUS AVEZ RAISON, JE NE SUIS ENCORE QU'UN GOSSE.
JE SUIS SORTI DE MES GONDS...
PARDON, JE ME SUIS RIDICULISÉ.
NON NON...
AH !

VOUS AVIEZ DIT : "ET QUAND TU SERAS ADULTE, ELLES TE GUIDERONT VERS LE BONHEUR AUPRÈS D'UN HOMME !"
......!

NON ! C'ÉTAIT LUI ?!?
C'EST...
C'ÉTAIT TOI ?
J'ÉTAIS PERSUADÉE QUE...
TU ÉTAIS UNE FILLE !
JAMAIS JE N'AURAIS PENSÉ QU'UN JOUR, JE VOUS RENDRAIS CE BOUQUET...
DE CETTE MANIÈRE LÀ...
C'ÉTAIT BIEN LUI...
IL EST DEVENU SI GRAND !
SI GRAND...
MARIONS-NOUS !
ET SOYONS HEUREUX !

AU POINT DE DEVENIR UN HOMME CAPABLE DE ME FAIRE PERDRE LA TÊTE...
OUI !

HEU, MAIS C'EST MES FLEURS QU'IL OFFRE, LÀ !
IL N'OSE PAS LE DIRE À HAUTE VOIX...
HEIN ?
TU N'AS NULLE PART OÙ DORMIR ?

OUI...
J'AI ÉTÉ RENVOYÉ DE MA MAISON CAR MA DEUXIÈME SŒUR VIENT DE TROUVER UN MARI ET IL MANQUAIT UNE PIÈCE ALORS...
J'AVAIS L'INTENTION DE VENIR HABITER CHEZ SÔICHI...
HEIN ?
!
ET PAR MA FAUTE, TU TE RETROUVES SANS TOIT ?
NE VOUS EN FAITES PAS, JE VAIS ALLER CHEZ UN AMI...
TU VEUX VENIR...
CHEZ MOI ?
COMMENT ?
OUI VOILÀ ! VIENS CHEZ MOI !
CE N'EST PAS UN PALACE MAIS IL Y A UNE CHAMBRE DE LIBRE...
ET PUIS...

EN TANT QUE...
FUTURS MARIÉS, IL FAUDRA BIEN...
PLOP
AH...
TOUT S'EST FAIT SI RAPIDEMENT !
VOUS NE REGRETTEZ PAS VOTRE DÉCISION ?
HAA...
SA FAÇON DE SOURIRE EST SI BELLE !
C'EST PLUTÔT POUR TOI !
JE SUIS BIEN PLUS ÂGÉE QUE TOI ET JE NE SUIS PAS PARTICULIÈREMENT JOLIE !

UN SOURIRE MI-ENFANT, MI-ADULTE...
NOUS SERONS HEUREUX !
OUI, POUR LA PROCHAINE FOIS, JE VOUS SOUHAITE VRAIMENT D'ÊTRE HEUREUSE !
LA... PROCHAINE FOIS ?
OUI ! AVEC VOTRE PROCHAIN PARTENAIRE ! VOTRE PROCHAIN MARI !
COMMENT ÇA ?!?

JE DOUTE QUE SÔICHI VOUS LAISSE EN PAIX SI VOUS VOUS MARIEZ AVEC MOI...
MAIS JE VEUX BIEN VOUS SERVIR DE BOUCLIER EN ATTENDANT QUE...
VOUS TROUVIEZ LA BONNE PERSONNE POUR REFAIRE VOTRE VIE !
よろ
KLANG
UNE... UNE MINUTE !
EN D'AUTRES TERMES, TU ME PROPOSES...
UN FAUX MARIAGE ?
C'EST ÇA ?
HÉ HÉ
OUI !

MAIS LA PROCHAINE FOIS...
ESSAYEZ DE TOMBER AMOUREUSE AVANT DE VOUS FAIRE EMBRASSER OU D'ACCEPTER UN MARIAGE !
NOOOOSH
WHAAA !
CE GARÇON...
SI BEAU, SI JEUNE, SI ADULTE...
M'EMBRASSE, ME NARGUE, ME FAIT LA MORALE...

Fin du chapitre 1

L'envers du décor d'Itadakimasu
LES POTINS DE LA SÉRIE 1

2
Éveillée
comme
endormie

NAÉKO...
IL EST L'HEURE DE VOUS LEVER...
VOUS ALLEZ ÊTRE EN RETARD !
HUU
SEUL UN BAISER PEUT ME RÉVEILLER ...

むぎゅっ
!?
HÊ MAIS TU M'AS FAIT MAL AU NEZ LÀ !
JE VOIS QUE VOUS ÊTES EN PLEINE FORME ! ALLEZ VITE VOUS LAVER !
C'EST POURTANT SI DIFFICILE DE FAIRE UN PETIT BISOU LE MATIN ?
PFUU
VOUS SAVEZ, JE N'AI RIEN D'UN FRENCH LOVER...
......
フランス人っ
UN FRENCH LOVER ?!?

CELA FAIT DÉSORMAIS UNE SEMAINE QU'ÔJI HABITE CHEZ MOI...
NAÉKO ! ÔJI ! VOTRE SOUPE VA REFROIDIR !
OUI ! J'ARRIVE !
ET JE NE SAIS TOUJOURS RIEN À SON SUJET...
......
RIEN DE TEL QU'UNE BONNE SOUPE AUX LÉGUMES POUR RESTER EN BONNE SANTÉ !
QUEL BONHEUR !
FUUAAA !
IL A DES RÉACTIONS TELLEMENT DIFFÉRENTES DES JEUNES DE 18 ANS !
(J'AI MÊME PARFOIS L'IMPRESSION QUE C'EST... UN P'TIT VIEUX...)

LE CHAT AUSSI, D'AILLEURS.
NE TE GÈNE SURTOUT PAS POUR M'EN REMETTRE !
ÔJI, J'EN VEUX AUSSI !
...
OSCAR
ET MÊME MA GRAND-MÈRE, POURTANT SI DIFFICILE, A TOUT DE SUITE ADOPTÉ ÔJI.
ÔJI ? TU EN VEUX ENCORE ?
NE TE GÈNE SURTOUT PAS SI TU AS FAIM !
QU'IL EST BEAU !
SAKÉ
TIENS, C'EST POUR TOI !
IL ME RESTE DU GÂTEAU !
TU VEUX UN RADIS DE MON JARDIN ?
SUSHI
TOUTES LES AUTRES DAMES DU VOISINAGE ÉTAIENT TOMBÉES SOUS SON CHARME...
HUUU...
ET PUIS C'EST UNE INSULTE POUR LES AGRICULTEURS QUI SE DONNENT DU MAL !
NAÉKO ! VOUS DEVEZ MANGER AUSSI LES OIGNONS !
MAIS ÇA ME DONNE UNE MAUVAISE HALEINE...
PEUT-ÊTRE MAIS C'EST BON POUR LA CIRCULATION DU SANG !
ÇA N'AVAIT DÉJÀ PLUS RIEN DE ROMANTIQUE...
FUISH
CRUNCH
NOTRE VIE DE "COUPLE" VENAIT À PEINE DE COMMENCER. ET POURTANT...
MIAM MIAM

VOILÀ !
VOUS AVEZ TOUT BIEN MANGÉ !
ÔJI...
HMM
MALGRÉ CELA, J'ÉTAIS DE PLUS EN PLUS AMOUREUSE...
OH BRAVO ! TOI AUSSI TU AS TOUT MANGÉ ! ♡
SMAAACK
OSCAR
INUTILE DE PRÉCISER QUE C'ÉTAIT À SENS UNIQUE...

JE NE LE COMPRENDS PAS ! ET LUI NON PLUS NE COMPREND PAS QUE...
CE QUE JE DÉSIRE, CE N'EST PAS UN FAUX MARIAGE...
CLINIQUE
AGENCE MATRIMONIALE
CAMÉLIA
バサッ!
TCHAC
....

C'EST ENCORE DE VOUS, PATRON ?
OUI ! ET AUJOURD'HUI ENCORE, JE TE DEMANDE EN MARIAGE !
ET C'EST REPARTI...
SÔICHI...
MAKI A LAISSÉ DU ROUGE À LÈVRES SUR TON COU !
CE N'EST PAS CELUI DE MAKI MAIS DE NANAKO ! ♡
OUPS, NON ! NAÉKO !
DOIS-JE TE RAPPELER QUE JE VAIS ÉPOUSER ÔJI ?
PFF ! VOUS JOUEZ LA COMÉDIE !

ぎくっ
JE NE SUIS PAS IDIOT !
JE SAIS TRÈS BIEN QUE C'EST POUR TE PROTÉGER DE MOI.
C'EST TROP FACILE D'UTILISER UN PETIT JEUNE SYMPA POUR RÉGLER SES PROBLÈMES...
QU'EST-CE QUE TU PEUX ÊTRE MAUVAISE LANGUE !
DÉSOLÉE DE TE DIRE QUE JE SUIS VRAIMENT AMOUREUSE DE LUI !
ET ÔJI ? IL T'AIME, LUI ?
N'OUBLIE PAS QUE...
LES MARIAGES D'INTÉRÊTS N'ONT JAMAIS FAIT LONG FEU...
TU DEVRAIS LE SAVOIR DEPUIS LE TEMPS QUE TU ES CONSEILLÈRE MATRIMONIALE...

......
LE PATRON NE DIT PAS QUE DES BÊTISES...
ZUT, IL PLEUT...
D'ACCORD, J'AI COMPRIS...
ALORS S'IL TE PLAÎT, RETROUVE TES ESPRITS ET REMETS-TOI AVEC MOI...
MAIS JE VAIS QUAND MÊME SORTIR AVEC ÔJI...
OUI, VOILÀ...
HEIN ?!? MAIS NON, AVEC MOI, NAÉKO !
JE SORS UN PEU PLUS TÔT !
JE VAIS VIVRE UNE HISTOIRE D'AMOUR...
Y'EN A MARRE DE CES DEUX-LÀ QUI NE BOSSENT JAMAIS !
NAAAAEEEKO !
AVEC ÔJI...

DEVENONS DE VRAIS AMANTS !
UN FAUX MARIAGE DEVIENT RÉEL...
SI ON TOMBE VRAIMENT AMOUREUX !
ÔJI !!!
NOUS DEVONS D'ABORD MIEUX NOUS CONNAÎTRE TOUS LES DEUX...

COMME JE PASSAIS DANS LE COIN, JE ME DISAIS QU'ON POUVAIT PEUT-ÊTRE RENTRER ENSEMBLE ?
......
NAÉKO...
HÉ, C'EST QUI CETTE DAME ?
C'EST MA LOGEUSE. J'AI UNE CHAMBRE CHEZ ELLE.

FORCÉMENT, COMMENT POURRAIT-IL DIRE QUE JE SUIS SA PARTENAIRE POUR UN MARIAGE BLANC...
PLOP
SA... LOGEUSE...
VIOC ?
?
HUUU
HAAA
HEIN ? T'AS TROP DE BOL, TOI ! J'T'ENVIE !
VIOC ! MOI AUSSI JE VEUX HABITER CHEZ UNE JOLIE FILLE COMME TA LOGEUSE !
FICHE-MOI LA PAIX, CRÉTIN...
OUI, VIOC, C'EST SON SURNOM !
COMME DES FOIS, IL A DES RÉACTIONS DE VIEUX, ON L'APPELLE VIOC !
....
GRRR
VOUS N'ALLEZ PAS VOUS Y METTRE AUSSI !
ÇA LUI VA COMME UN GANT !
"VIOC !"
HA HA HA

BON, JE VOUS INVITE À BOIRE UN CAFÉ, VIOC ET TOI AUSSI...
J'AI MAL AU BIDE DE RIRE
C'EST VRAI ? MERCI M'DAME !
......
HA HA HA
ET ALORS LÀ, VIOC EST ENTRÉ DANS LES TOILETTES DES PROFS ET...
TU VEUX PAS LA FERMER UNE SECONDE !
SLUUURP
C'EST DRÔLE. ENTENDRE ÔJI AVEC SON AMI ME CONFIRME BIEN QUE C'EST ENCORE UN ADO...
♡
À PART SON PSEUDO...
AU FAIT, VIOC, TU AS DÉJÀ FAIT TA DEMANDE POUR TES OPTIONS EN TERMINALE ?
OUI, JE PRENDS SCIENTIFIQUE.
HMM ? ÔJI, JE CROYAIS QUE...
TU ÉTAIS DÉJÀ EN TERMINALE ! TU AS 18 ANS, N'EST-CE PAS ?
OUI, MAIS IL EST EN 1ÈRE !
IL A REDOUBLÉ UNE FOIS...

HEIN ?
TU N'EN AS MÊME PAS PARLÉ À TA LOGEUSE ?
C'ÉTAIT QUAND ? JUSTE AVANT D'ENTRER AU LYCÉE, NON ? QUE TU ÉTAIS MALADE...
IL EST PLUS VIEUX D'UN AN QUE TOUS LES AUTRES...
TU NE ME L'AS JAMAIS DIT !
TU ÉTAIS MALADE ?
POURQUOI NE M'EN AS-TU JAMAIS PARLÉ ?
PARCE QUE JE SUIS DÉ-SORMAIS GUÉRI !
OUI MAIS !
OUI, QUAND J'Y REPENSE, IL A BIEN CHANGÉ !
PRIN... PRINCESSE ?
À LA RENTRÉE DES CLASSES, IL ÉTAIT TOUT MIGNON, TOUT PÂLE ! UNE VRAI PETITE FILLE !
ON L'APPELAIT "PRINCESSE" ET IL AVAIT MÊME DES GARDES DU CORPS...
ÔJI !
FUISH
Y'A UN MAL ENTENDU...
HEU...

MOI AUSSI, QUAND JE L'AI VU LA PREMIÈRE FOIS, J'AI TROUVÉ QUE C'ÉTAIT UNE TRÈS JOLIE FILLE...
C'ÉTAIT TOUT JUSTE APRÈS SA GUÉRISON ?
ÔJI, TU N'AVAIS CEPENDANT PAS BESOIN DE ME LE CACHER...
ZAAASH
!
DÉSOLÉ, MAIS J'AI MON P'TIT BOULOT DE MAÎTRE DE THÉ QUI COMMENCE...
VIOC ?!?
SCUSEZ-NOUS ! MERCI POUR LE COCA, HEIN ! À PLUS !

NAÉKO ! QU'EST-CE QUE TU ATTENDS POUR DONNER À MANGER À OSCAR !
MIAOU !
MIAOU !
IL RENTRE TARD, ÔJI...
REGARDE COMME OSCAR EST TRISTE ET IMPATIENT DE LE VOIR RENTRER !
....
徳用 おかか
MIAOU !
SCRITCH
SCRITCH

ZUISH
JE LE SENS !
GENTIL !
SALUT MON P'TIT OSCAR !
TE VOILÀ ! TE VOILÀ !
HÉ HÉ
DÉSOLÉ DE RENTRER AUSSI TARD...
J'AI FAIT UN PETIT DÉTOUR PAR LA MAISON DE MES PARENTS...
HOO...
HA...
JE VOIS...
NAÉKO, TENEZ...
C'EST QUOI ?
UNE DÉCLARATION DE MARIAGE...

AH, LA DÉCLARATION DE MARIAGE ? OK...
HEIN ?
OUI, MES PARENTS ONT DONNÉ LEUR ACCORD ET ILS ONT SIGNÉ.
IL NE MANQUE PLUS QUE VOTRE SIGNATURE POUR QU'ELLE SOIT VALIDE.
EST-IL UTILE DE SE PRESSER AUTANT ?
CELA NE FAIT MÊME PAS SIX MOIS QUE J'AI DIVORCÉ ET...
TU ES ENCORE LYCÉEN !
OUI, MAIS J'AI 18 ANS.
PEUT-ÊTRE MAIS TU ES ENCORE EN 1ère !
ET PUIS TU NE ME PARLES JAMAIS DE TOI...
DE TA MALADIE...
JE PENSE QU'ON DEVRAIT PRENDRE LE TEMPS DE MIEUX SE CONNAÎTRE...

C'EST INUTILE...
SI ! AU CONTRAIRE !
DE TOUTE FAÇON, TOUT CE QUI VOUS IMPORTE, C'EST DE VOUS MARIER, NON ?
!

JE VOULAIS JUSTE...
MIEUX TE CONNAÎTRE...
JE VOULAIS JUSTE...
PLOP PLOP
VIVRE UN VÉRITABLE AMOUR AVEC TOI...
AH, NAÉKO...
JE... JE VOUS DEMANDE PARDON...
ÔJI... TU... N'ES... QU'UN...

ZOOOOSH
CRÉTIN !
NA... NAÉK... AARGH !
KLONG
TAP TAP
KLONG
C'EST PAS ZENTIL !
T'ES QU'UN VILAIN GARÇON !
N'ENTRONS PAS DANS LE RING...
TU PENSES VRAIMENT QUE JE CHERCHE JUSTE UN MARIAGE ?
C'EST PARCE QUE JE T'AIME QUE JE...

ET PUIS QUI ME DIT QUE POUR TOI, JE NE SUIS PAS QU'UNE FILLE POUR FRIMER DEVANT LES COPAINS ?
QU...
QU'AVEZ-VOUS DIT ?
POUR TOI, JE NE SUIS QU'UNE SUPER BELLE NANA POUR FRI-MER DEVANT TES COPAINS ?
NON, AVANT !
JE...

C'EST PARCE QUE JE T'AIME QUE JE...
QUE JE... ?

NE DIT-ON PAS QUE L'AMOUR PEUT TUER ?
ZAAAAM
AAAAAARGH !
WHAAA ! GRAND-MÈRE ! UNE AMBULANCE ! VITE !
MIAOU ! MIAOU !
ÔJI ! TIENS BON ! JE T'EN PRIE !
VOUS N'AVEZ PAS À VOUS EN FAIRE. IL ÉTAIT JUSTE BIEN SONNÉ...
AVEC UN PEU DE REPOS, IL IRA TOUT DE SUITE MIEUX.
NOUS SOMMES DÉSOLÉS DE VOUS AVOIR FAIT VENIR À CETTE HEURE-CI...
POUR VOUS, YURIKO, JE PEUX BIEN FAIRE ÇA... ♡
DIRECTEUR DE L'HÔPITAL

PARDON ! PARDON !
HUU HUU HUU
...
NE VOUS EN FAITES PAS, JE VAIS BIEN...
HA HA
JE N'AI PAS ESSAYÉ DE VOUS CACHER...
QUE J'AI ÉTÉ HOSPITALISÉ PENDANT TOUTE UNE ANNÉE SCOLAIRE...
MAIS JE...
J'AVAIS PEUR DE ME FAIRE ENCORE PLUS DISTANCER...
DISTANCER ?
MAIS PAR QUI ?
......
MON FRÈRE SÔICHI...
C'EST UN DRAGUEUR INVÉTÉRÉ MAIS IL EST ADULTE ET IL A DÉJÀ UNE CARRIÈRE...
COMPARÉ À LUI, JE SUIS LARGUÉ SUR TOUTE LA LIGNE...

MÊME S'IL NE S'AGIT QUE D'UN MARIAGE BLANC...
SACHEZ QUE J'EN SUIS HEU-REUX...
QU...
NE DIS PAS DES CHOSES STUPIDES !
MAIS J'AI PEUR D'ÊTRE MOI-MÊME ET QUE VOUS ME TROUVIEZ ENCORE PLUS PUÉRIL...
DONC ...
J'ESSAIE DE JOUER UN RÔLE D'ADULTE CALME ET POSÉ...
HEIN ?
UN RÔLE QUI NE DURERA QUE LE TEMPS QUE VOUS TROUVIEZ UN MARI QUE VOUS DÉSIREREZ VRAIMENT...

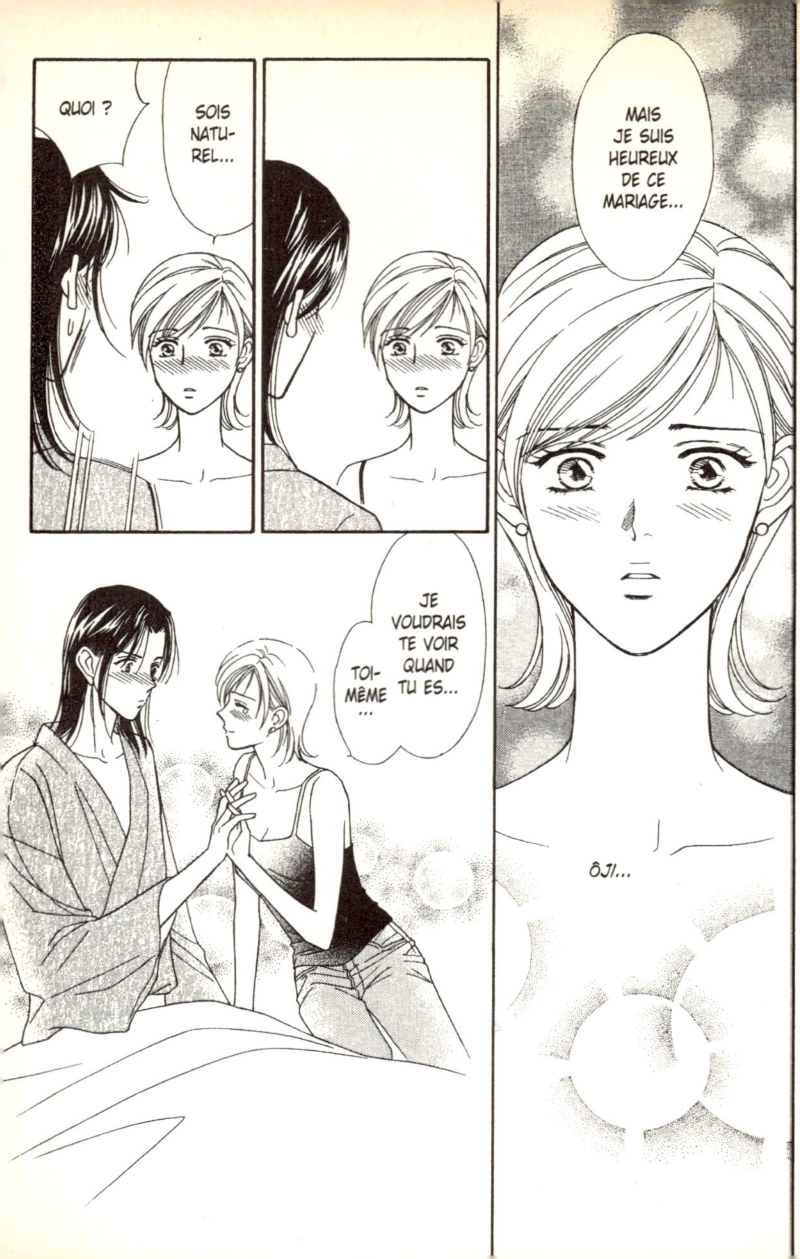
QUOI ?
SOIS NATUREL...
JE VOUDRAIS TE VOIR QUAND TU ES...
TOI-MÊME...
MAIS JE SUIS HEUREUX DE CE MARIAGE...
ÔJI...

JE T'AIME...
SMACK

IL M'AVOUA ENSUITE, AVEC LA PLUS GRANDE SÉRÉNITÉ...
"JE VOUS AIME DEPUIS LE JOUR OÙ VOUS M'AVEZ OFFERT CE BOUQUET..."
JE N'ARRIVE DÉCIDÉMENT PAS À LE COMPREN-DRE...

CETTE INCOMPRÉHENSION REND CETTE AVENTURE ENCORE PLUS PALPITANTE...
JE N'EN SUIS QUE PLUS AMOUREUSE...
NAÉKO ?
RÉVEILLEZ-VOUS ! VOUS ALLEZ VOUS METTRE EN RETARD !
HUU...
JE NE ME LÈVERAI QU'AVEC UN BAISER...
POUIC
ARRRGH !

CESSEZ DE ME PRENDRE POUR UN BEAU GOSSE DE FRANÇAIS, ET DEBOUT !
TU PARLES ! C'EST JUSTE TOI QUI ES RADIN EN BISOUS !
HAA...
EN FAIT, T'ES QU'UN SALE TYPE, NON ?
MIAOU
UN SALE TYPE ? MOI ?
にっこり
HÉ HÉ
UN SALE TYPE PARCE QUE JE SUIS COMPLÈTEMENT FOU DE VOUS ?
ET DE MOI, ALORS ?
HMM ?

ENDORMIE OU ÉVEILLÉE, JE SUIS AMOUREUSE...
PRENEZ VOTRE SOUPE AU MISO AVEC DES ALGUES ET UN PEU DE SOJA FERMENTÉ...
PLIEZ VOTRE FUTON !
POURQUOI NE PRÉPAREZ-VOUS PAS VOS HABITS LA VEILLE ?
HÉ ! C'EST PAS LE VIOC QU'ON DEVRAIT T'APPELER MAIS PLUTÔT LA VIOQUE !
Fin du chapitre 2

Chapitre 3 : Une nuit ensemble

3 Une nuit ensemble

ALLEZ, JE PASSE AUX DEVOIRS DE MATHS !
HA, MAIS HEU, ÔJI... MATHS AU PINCEAU ?!?
LA SALLE DE BAIN EST LIBRE !
À TON TOUR !
HÉ HÉ
GRAND-MÈRE ET MOI AVONS DÉJÀ PRIS NOTRE BAIN, TU PEUX Y ALLER.
TRÈS BIEN.
J'AI MIS UN PEU DE SAKÉ DANS LE BAIN AUJOURD'HUI. UNE BOUTEILLE ENVOYÉE PAR LE PETIT-AMI DE GRAND-MÈRE...
ÇA DONNE UNE PEAU DE BÉBÉ ! ♡
JE VOIS...
....

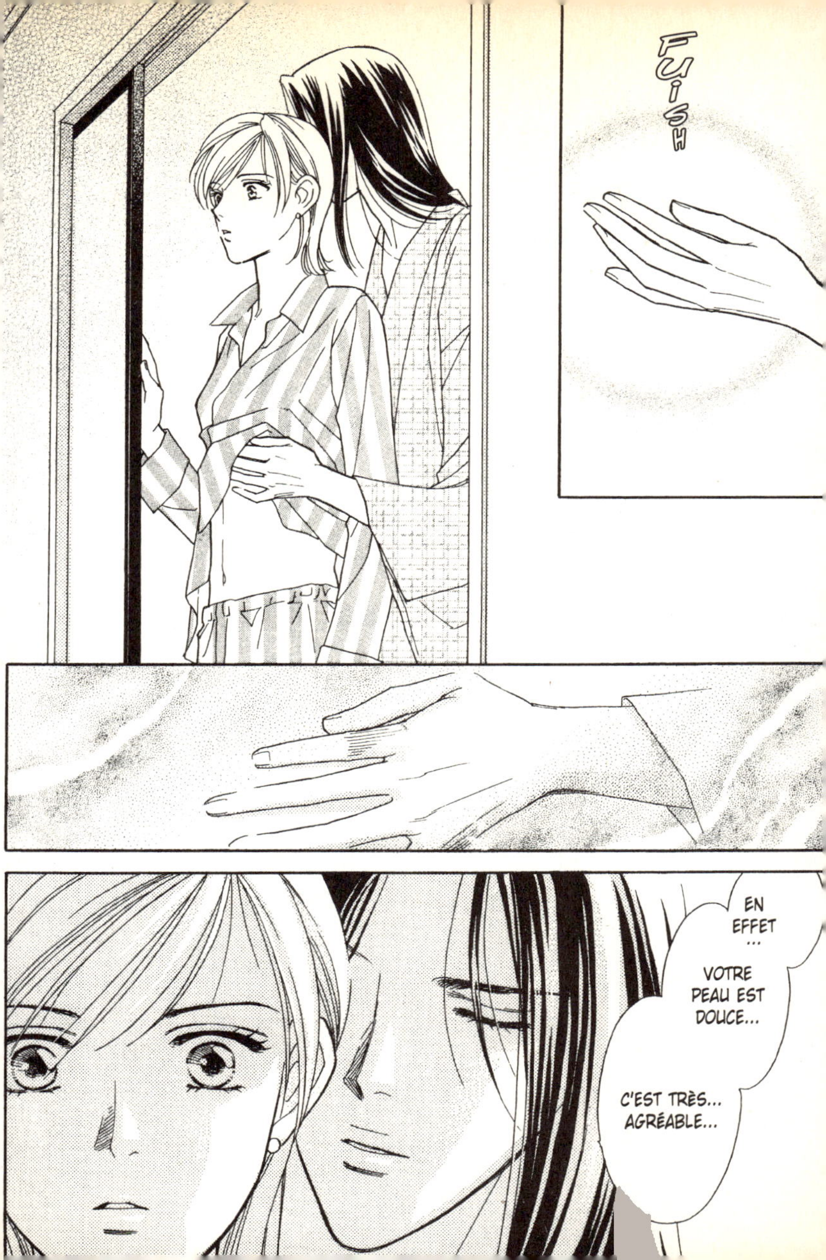
FUISH
EN EFFET ...
VOTRE PEAU EST DOUCE...
C'EST TRÈS... AGRÉABLE...

TAP TAP
TAP TAP
......

CES DERNIERS TEMPS...
ÔJI A L'AIR DE VOULOIR SE RAPPROCHER PHYSIQUEMENT.
PEUT-ÊTRE QUE CE SONT DES SIGNES POUR...
NE ME DITES PAS QU'ÔJI EST EN TRAIN...
DE ME FAIRE CE GENRE D'AVANCES ?!?
CLINIQUE
AGENCE MATRIMONIALE
OUI !
NOUS NE MANQUERONS PAS DE VOUS FÉLICITER À NOUVEAU LORS DE LA CÉRÉMONIE !
VOILÀ ! AU REVOIR !

VOUS TOUS, ÉCOUTEZ-MOI.
MONSIEUR ÔTA ET MLLE MITA ONT CONCLU...
HEIN ?
LE VERBE "CONCLURE"...
PEUT AVOIR DIFFÉRENTS SENS, NON ?
STYLE PROF DE SPORT
STYLE SECRÉTAIRE SÉRIEUSE
OUAH ! C'EST DU DÉLIRE...
CES DEUX-LÀ SE SONT RENCONTRÉS HIER POUR LA PREMIÈRE FOIS !
C'EST RAPIDE, NON ?
OUI SAUF QUE...
DANS CE BUSINESS, "CONCLURE" PEUT EN EFFET SIGNIFIER UNE DÉCISION DE MARIAGE ENTRE DEUX CLIENTS MAIS ÉGALEMENT QU'ILS ONT... FAIT CRAC-CRAC...
EN EFFET...
PIRE QUE DES LAPINS !
HEU... JE NE SAIS PAS SI ON PEUT COMPARER...
......

…………
WHAA
FLAP
?
UN PROBLÈME, MLLE KÔENJI ?
HAA !
NON !
JE… JE M'OCCUPE DE LEUR ENVOYER UNE CARTE DE FÉLICITATIONS…
AU FAIT, QU'EN EST-IL DE VOUS ET D'ÔJI ?
VOUS AVEZ "CONCLU" ?
PLAAAAF
ZAAAAM

REGARDEZ-MOI CETTE MANGEUSE DE PETITS LYCÉENS !
HYAAAHOU !
TU PARLES, ELLE PORTE DES CULOTTES DE GRANDS-MÈRES !
AAARGH !
FICHEZ-MOI LA PAIX ! NOUS N'AVONS PAS "CONCLU" !
HEIN ?
ELLE ESSAYAIT DE LUI MONTRER UNE AUTRE CULOTTE PLUS SEXY...
ET... ET POURQUOI ?
......
BOM BOM
IL Y A UN PROBLÈME ENTRE VOUS DEUX ?
OUI ! ELLE EST INCAPABLE DE JOUER AUX LAPINS AVEC UN AUTRE HOMME QUE MOI !
TOI L'ABRUTI, TU PEUX ALLER TE RECOUCHER !
DISONS QUE...
JE NE VEUX PAS...
QU'IL ME VOIE ...
OU PLUTÔT QU'IL CONNAIS-SE MON INTIMITÉ...
HUU

......
OUI...
ET ALORS ?
VOUS NE LE FAITES PAS CAR VOUS ÊTES GÊNÉE ?
EXACT !
HO HO ♡
REGARDEZ-MOI CETTE GRELUCHE ! VOUS L'ENTENDEZ PARLER LA PRINCESSE ? DIRE DE TELLES CHOSES À SON ÂGE, POUR QUI ELLE SE PREND ?!?
WHAAA
OUI MAIS... JE... !
SI J'ÉTAIS TOI, JE LUI AURAIS DÉJÀ SAUTÉ DESSUS !
NE LA SECOUEZ PAS TROP FORT !
EN FAIT, IL N'Y A QU'À MOI QU'ELLE PEUT MONTRER SON TROU DE BALLE... ♡

SON ÂME S'ÉVAPORE...
OH ZUT ! J'ALLAIS OUBLIER LE RENDEZ-VOUS ENTRE MONSIEUR KAKIZAWA ET MLLE MAÉDA !
TAP TAP
JE ME DEMANDE BIEN CE QU'ELLE ATTEND...
QUI VEUT UN THÉ ?
....
J'AI BIEN CONSCIENCE...
QUE MES CRAINTES SONT INFONDÉES...
JE SUIS FOLLE D'ÔJI ! ET POURTANT, JE...
N'Y ARRIVE PAS...

COMMENT DIRE...
CE BOL... A ÉTÉ RÉALISÉ DE LA MAIN DE RICHÔ...
N'EST-CE PAS ?
BONNE RÉPONSE !
OOOH !
BRAVO ! IL A TROUVÉ !
ALLEZ, MAINTENANT DE QUAND DATE CELUI-LÀ !
CES DESSINS ROUGES... DE L'ÉPOQUE DES MINH ?
BINGO ! INCROYABLE !
MONSIEUR KAKIZAWA ! MLLE MAÉDA ! SOYEZ UN PEU CONCENTRÉS SUR CE RENDEZ-VOUS !
CE BOL DOIT VALOIR DES MILLIONS !
HO HO
MAIS HEU, ÔJI, COMMENT TU FAIS POUR CONNAÎTRE TOUS CES VIEUX TRUCS ?!?
VIOC ? SUPER VIOC, OUI !

MERCI POUR VOTRE AIDE !
BYE !
CES DEUX-LÀ ADORENT LES ANTIQUITÉS ET ILS PASSENT LEUR TEMPS À SE MONTRER LEURS TRÉSORS...
MERCI D'ÊTRE RESTÉ PATIENT AVEC EUX, ÔJI...
HAAA...
BAH, DU MOMENT QUE CE RENDEZ-VOUS EST UN SUCCÈS !
J'ESPÈRE QU'ILS VONT CONCLURE...
ZAAAAM
ILS... ILS SONT ENCORE JEUNES MAIS À LEUR ÂGE...
CE N'EST PLUS TROP ÇA... QU'ILS RECHERCHENT...
CE SERAIT UN HONNEUR POUR MOI QU'ILS CONCLUENT DANS MA SALLE DE THÉ !
ET MOI...
QU...
OUI...
HA HA HA
JE CROIS QUE ÇA ME TROTTE TROP DANS LA TÊTE...
?
IL N'A PAS L'AIR DE SAVOIR CE QUE SIGNIFIE "CONCLURE"...

PLAP
NON !
ÔJI, ATTENDS...
Y'A DES GENS QUI...
JUSTE QUELQUES SECONDES...

HMM
HMM...
SON BEAU VISAGE...
SA VOIX DOUCE ET PURE...
LES LIGNES DE SON COU TRAHISSENT SON JEUNE ÂGE MAIS...
SON ODEUR EST BIEN CELLE D'UN HOMME...
QU... !
HAA
......!
JE SENS SON...

JE VOUS AIME...
JE VOUS DÉSIRE...
BOM

AH !
QU... !
PA... PARDON...
NAÉKO !
NON...
JE NE PEUX PAS...
VLAM
NAÉKO !

Ô... ÔJI ?
QU'AS-TU À DÉBOULER ICI À BOUT DE SOUFFLE ?
OÙ...
NAÉKO SE TROUVE-T-ELLE ICI ?
ELLE EST RENTRÉE, OUI...
ÔJI ? TU...
IL NE JOUE PAS AVEC MOI ?!?
JE VOUS EXPLIQUERAI PLUS TARD !
NAÉKO !
OUVREZ ! ET LAISSEZ-MOI VOUS PARLER !

OUVREZ-MOI !
JE VOUDRAIS VOUS PRÉSENTER MES EXCUSES !
ÔJI, TU N'AS PAS À ME DEMANDER PARDON !
MAIS JE NE VEUX PAS QUE TU ENTRES...
......
JE VOUS PRIE DE BIEN VOULOIR M'EXCUSER...
JE N'AURAIS PAS DÛ...
VOUS DIRE ÇA DANS UN TEL ENDROIT...
MES PROPOS ÉTAIENT DÉPLACÉS...
PARDON...
JE N'AI PAS RÉUSSI À ME CONTRÔLER...
ÉCOUTE, ÇA N'A AUCUNE IMPORTANCE, ENTENDU ?
SI ! JE VOUS DEMANDE AUSSI PARDON POUR MON ÉRECTION ET...
MAIS TU VAS TE TAIRE ? JE SUIS SÛRE QUE GRAND-MÈRE ENTEND TOUT CE QUE TU DIS !
MOI ? PAS DU TOUT...

ÉCOUTEZ-MOI...
PLUS JAMAIS JE NE REFERAI ÇA...
J'AI TELLEMENT PEUR QUE...
VOUS NE M'AIMIEZ PLUS...

NON...
TU TE TROMPES, ÔJI...
ÔJI...
SI VOUS NE M'OUVREZ PAS, ALORS JE VAIS FORCER CETTE...
—!!
BING

NA... NAÊKO !!!
DING DING !
WIN !!
WHAAA !
OOOOOOH !
DING DING !
NE T'EN FAIS PAS...
JE NE TE HAIS POINT...
AU CONTRAIRE, C'EST PLUTÔT MOI QUI AVAIS ENVIE DE FAIRE...
AVEC TOI...
COMMENT ?
DE FAIRE L'AMOUR AVEC TOI...
ÔJI...
C'EST LA VÉRITÉ...

JE SUIS SI HEUREUSE QUE TU...
ME DÉSIRES...
JE T'AIME ET MOI AUSSI, JE TE VEUX...
JE NE VOULAIS PAS TE LE MONTRER...
DE PEUR QUE JE TE DÉGOÛTE...
J'AVAIS PEUR...
POURQUOI ?
......

PARCE QU'UNE FEMME DE MON ÂGE QUI AVOUE DÉSIRER PHYSI- QUEMENT UN GAR- ÇON BEAUCOUP PLUS JEUNE, C'EST...
C'EST LA HONTE...

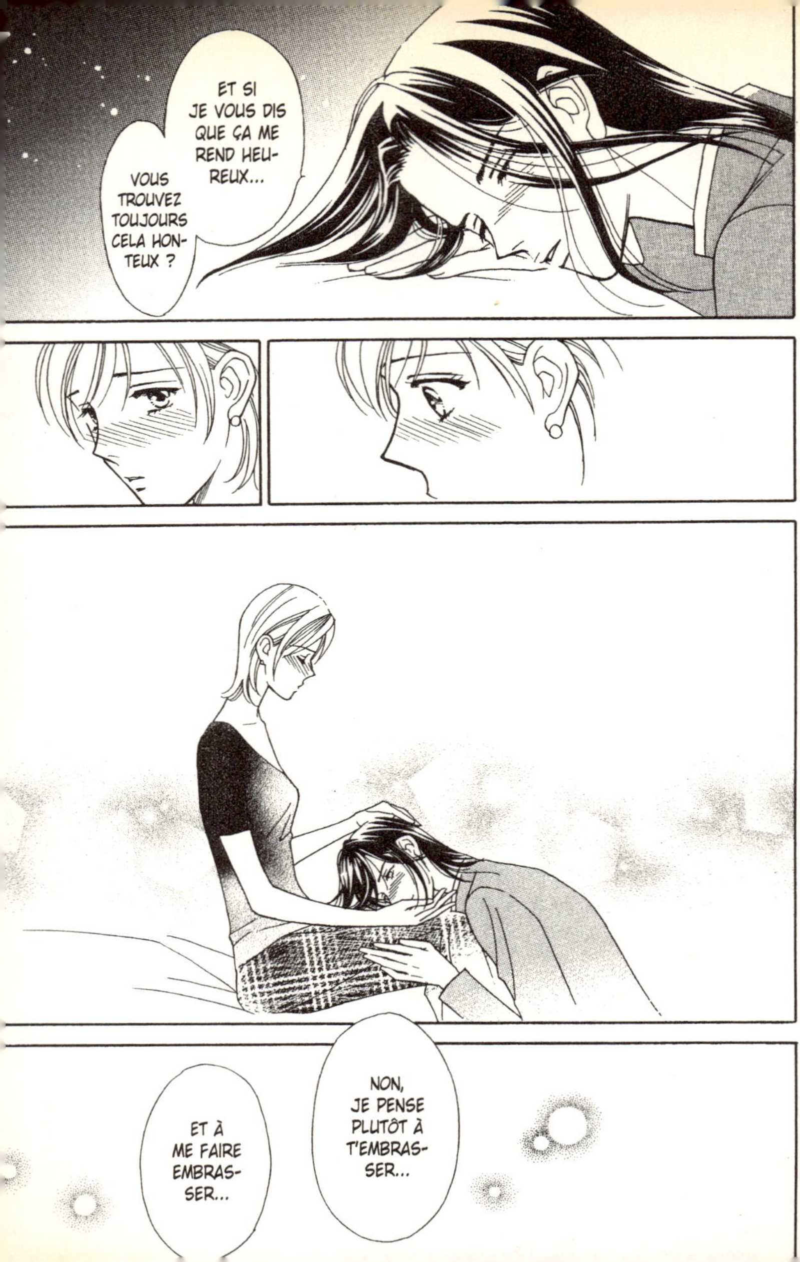
ET SI JE VOUS DIS QUE ÇA ME REND HEUREUX...
VOUS TROUVEZ TOUJOURS CELA HONTEUX ?
NON, JE PENSE PLUTÔT À T'EMBRASSER...
ET À ME FAIRE EMBRASSER...

MIAOU !
MIAOU !
OSCAR ! VIENS !
À MON AVIS, PERSONNE NE VOUDRA JOUER AVEC TOI CE SOIR !
UNE NUIT IMPORTANTE ATTEND LES DEUX LÀ-HAUT...

ÇA NE VA PAS ?
DISONS QUE...
TU AS L'AIR TELLEMENT À L'AISE...
...ALORS QUE MON CŒUR EST SUR LE POINT D'EXPLOSER...
VOUS SAVEZ, MOI AUSSI J'AI LE TRAC...
COMME C'EST MA PREMIÈRE FOIS, J'AI PEUR DE MAL M'Y PRENDRE...
HEIN ?
NAÉKO, VOUS ÊTES LA PREMIÈRE ET LA SEULE...
MAIS TU...
TU EMBRASSES POURTANT SI BIEN !

C'EST JUSTE PARCE QUE J'EM-BRASSE...
L'UNIQUE FEMME QUI MÉRITE D'ÊTRE EMBRAS-SÉE...
HAAA
HMMM
HAAA !
VOUS ÊTES...
TRÈS BELLE...

VOUS ÊTES BELLE...
VOTRE PEAU EST DOUCE...
VOTRE CHAIR EST TENDRE...
AAAH...
HMMM...
RIEN QUE SES BAISERS...
ME DONNENT DU PLAISIR...
C'EST LA PREMIÈRE FOIS QUE JE ME SENS AUTANT AIMÉE...
Ô... ÔJI...
ATTENDS...

......!
NAÉKO ...
JE VEUX REGARDER LE VISAGE ET...
ENTENDRE LA VOIX...
DE CELUI QUI ME DÉSIRE...
AH...
AAAH !
HUU...

HUU...
NAÉKO...
NAÉKO...
HAA...
HMM...
IL EST CRAQUANT...
ÔJI...

APRÈS L'AVOIR DÉCOUVERT DANS SON INTIMITÉ...
COMMENT POUVAIS-JE...
REFUSER DE L'AIMER PLUS QUE TOUT ?
AU DIABLE LA HONTE ET LE REGARD DES AUTRES !

Fin du chapitre 3

LES POTINS DE LA SÉRIE 2

4
Quelques centimètres
sous le nombril

MLLE KÔENJI ?
SUR VOTRE COU...
ON DIRAIT UN SUÇON, NON ?
HEIN ?
!
GLOUPS

HÉ BIEN, ÇA A L'AIR D'ALLER COMME VOUS VOULEZ AVEC VOTRE CHÉRI ! HO HO ! ♡
HÉ HÉ
YU...YUKA, NE DIS PAS DE BÊTISES, VOYONS...
DEPUIS LA NUIT DE SA "PREMIÈRE FOIS" QUI SCELLA NOTRE AMOUR...
ÔJI PRONONCE LES MOTS...
"MA TENDRE NAÉKO..."
TOUS LES SOIRS, IL ME PROUVE SES SENTIMENTS EN APPLIQUANT SES LÈVRES SUR MON COU...
VOUS ÊTES ENCORE À L'ÂGE OÙ ON AIME LES SUÇONS, HEIN...
ET VOUS, VOUS LUI EN AVEZ FAIT OÙ ?
MARIYA, QUELLE QUESTION BIEN INDISCRÈTE !
HÉ HÉ HÉ !

JUSTE UN TOUT PETIT SUÇON SUR LE CÔTÉ DE SON ZIZI... ♡
CLIENT SANS VOIX...
COMME AU LYCÉE C'EST LA SAISON DE LA PISCINE, IL FALLAIT UN ENDROIT DISCRET DE SON CORPS. DONC JUSTE AU NIVEAU DES POILS...
BIEN TROUVÉ !
HO HO
HO HO HO
SATÔ ! ALLEZ ME FAIRE TAIRE CES DEUX CO-CHONNES EN RUT...
JE NE VEUX PAS MOURIR !
TRR R...
ALLÔ ! AGENCE MATRIMONIALE CAMÉLIA À L'APPAREIL !
HEIN ?
MLLE KÔENJI ! UNE URGENCE !

ÔJI S'EST GRAVEMENT BLESSÉ À L'ÉCOLE !
カッ
カッ
TAP TAP
ZAAAASH

HAAA...
HAAA...
ÔJI !!! SOIS FORT ! TU DOIS VIIIVRE !
ZUP ZUP
ガクガク
HÉ LÀ ! PAS SI FORT !
......
TENEZ...
JE ME SUIS JUSTE FOULÉ LA CHEVILLE EN GLISSANT AU BORD DE LA PISCINE...
HEIN ?

AU TÉLÉPHONE, ELLE DISAIT "GRAVEMENT"...
OUINNNNNNN !
ÔJI!!!! !
WHAA ! UNE STATUE DE PÂQUES QUI PARLE !!!
C'EST LUI QUI VOUS A APPELÉE À VOTRE BOULOT...
J'ÉTAIS POURTANT À CÔTÉ DE LUI ! C'EST DE MA FAUTE...
TU... TU EN FAIS TROP, SEMPAÏ !
KONDA EST LE CHEF DE LA GARDE RAPPROCHÉE DE VIOC. FAUT PAS S'ÉTONNER, C'EST UN LYCÉE POUR GARÇONS ET DONC PARFOIS...
TU AS BOBO SUR TA JOLIE JAMBE... OUIIIN !
......
SANS VOIX
BONJOUR ! VOUS ÊTES LA TUTRICE D'ÔJI ?

JE SUIS MLLE AKIMIYA, L'INFIRMIÈRE DE CETTE ÉCOLE.
MLLE AKIMIYA ?!?

OH, MLLE KÔENJI...
FAUT TE CHANGER...
JE PEUX ME CHANGER TOUT SEUL !
JE SAVAIS QUE VOUS ÉTIEZ EMPLOYÉE DANS UNE ÉCOLE MAIS...
J'ÉTAIS LOIN D'IMAGINER QUE C'ÉTAIT DANS LE MÊME LYCÉE QU'ÔJI...
ÇA C'EST UNE SURPRISE !
OUI...
SAYAKO AKIMIYA (28 ANS)
ELLE EST INSCRITE À NOTRE AGENCE CAMÉLIA DEPUIS L'ANNÉE DERNIÈRE.

COMME VOUS POUVEZ LE CONSTATER, ELLE EST NON SEULEMENT SUBLIME MAIS ELLE EST ÉGALEMENT D'UN CARACTÈRE TRÈS POSÉ.
TOUS LES HOMMES AVEC QUI ELLE A RENDEZ-VOUS TOMBENT BIEN SÛR SOUS SES CHARMES...
SAUF QUE...
MLLE AKIMIYA REFUSE TOUTES LES DEMANDES...
PEUT-ÊTRE QUE JE SUIS UNE MAUVAISE ENTREMETTEUSE...
HAA
J'AI REMARQUÉ QUE LES COORDONNÉES D'ÔJI CORRESPONDAIENT AUX VÔTRES DEPUIS PEU...
VOUS AVEZ DES LIENS DE PARENTÉ ?
HEU...
NON NON ! DISONS QU'ON L'ACCUEILLE CHEZ NOUS POUR DIFFÉRENTES RAISONS...
JE NE PEUX DÉCEMMENT PAS LUI AVOUER QUE NOUS SOMMES FIANCÉS...
....

SAVEZ-VOUS SI ÔJI...
FRÉQUENTE OU SORT AVEC UNE FILLE ?
COM-MENT ?
HAA !
MERCI MLLE AKIMIYA !
QU... !
FAIS BIEN ATTENTION À TOI, ÔJI !

NON ! JE N'OSE Y CROIRE... AKIMIYA AURAIT...
MLLE AKIMIYA ?
FUISH FUISH

C'EST UNE BONNE INFIRMIÈRE.
SURTOUT POUR MOI QUI AI LONGTEMPS ÉTÉ MALADE...
FLAP
FLAP
ELLE EST DOUCE ET TRÈS JOLIE. VOUS IMAGINEZ QU'ELLE REPRÉSENTE LA FEMME IDÉALE AUPRÈS DE LA PLUPART DES ÉLÈVES !
....
NON, JE ME FAIS DES IDÉES...
ELLE NE PEUT PAS ÊTRE AMOUREUSE D'ÔJI...
POURTANT, SA FAÇON DE REGARDER SON VISAGE...
CE REGARD NE PEUT ÊTRE QUE...
NAÉKO, VOUS AVIEZ L'AIR DE VOUS CONNAÎTRE...
どきっ
BOM

HEIN ? OUI, PLUS OU MOINS...
PARDON ÔJI...
MAIS JE SUIS TENUE PAR LE SECRET PROFESSIONNEL. JE N'AI PAS LE DROIT DE TE DIRE QU'ELLE EST MEMBRE...
HEIN, C'EST DÉJÀ FINI ?
LA MARQUE SUR VOTRE COU...
N'EST PLUS ASSEZ VISIBLE...
PUIS-JE LA CORRIGER ?

OUI...

LA TIEN-NE AUS-SI...
MÉRITE QU'ON LA RE-FASSE...
AAAH !
NON NON ! NE BOUGE PAS !
N'OUBLIE PAS QUE TU ES BLESSÉ À LA CHEVILLE !
NE JOUEZ PAS AVEC MOI !
ALLEZ !
AAAH !

TU ES TRÈS DOUÉ...
HÉ !
JE NE SUIS PLUS UN GOSSE !
CE VISAGE SI JEUNE...
QUI ME DONNE TANT D'AMOUR ET DE PLAISIR...
QUE JE SUIS HEUREU-SE !

SI HEUREUSE !
ぽわーん
ÔJI NE M'A ENCORE PAS LAISSÉE DORMIR HIER SOIR ! J'SUIS CRE-VÉE...
HÉ HÉ
C'EST QUOI CETTE TÊTE À MOITIÉ ENDOR-MIE ?
CE SERA RETENU SUR TA PRIME !
KLING KLING
CHEF, VOUS ÊTES FRUSTRÉ DU ZIZI POUR VOUS ACHARNER SUR MOI ?
JE SUIS JEUNE ET J'AI DU SUCCÈS !
HI HI
AU FAIT, MLLE AKIMIYA A ANNONCÉ QU'ELLE ANNU-LAIT SON CON-TRAT CHEZ NOUS !
C'EST DE TA FAUTE !

HEIN ? MLLE AKIMIYA ?!?
OUI, PARDON ! MERCI POUR TOUT CE QUE VOUS AVEZ FAIT POUR MOI, MLLE KÔENJI...
MAIS J'AI PERDU L'ENVIE DE VOULOIR ME MARIER...
ATTENDEZ !
IL FAUT EN REPARLER. JE VAIS BIEN RÉUSSIR À VOUS TROUVER QUEL-QU'UN !
......
NON, DE TOUTE FAÇON, J'AI DÉJÀ DES VUES SUR QUEL-QU'UN ET JE TIENS TROP À LUI...

ALORS ? QU'A-T-ELLE DIT ?
DASH
HÉ !
DES VUES SUR UN GARÇON ?!?
PEUT-ÊTRE VOULAIT-ELLE PARLER D'ÔJI !
OUI, AUCUN DOUTE POSSIBLE ! C'EST LUI QU'ELLE VISE !
TAP
TAP
JE NE PENSAIS PAS QU'ELLE GARDAIT EN ELLE DE TELS SECRETS...
MLLE AKI...

BONK
OH ! SALUT LA LOGEUSE D'ÔJI !
HEU, JE NE SUIS PAS VENUE FAIRE DU TOURISME SUR L'ÎLE DE PÂQUES ALORS...
OUI. MAIS MLLE AKIMIYA EST ACTUELLEMENT OCCUPÉE AVEC ÔJI...
AVEC ÔJI ?

BIEN...
ON DIRAIT QUE TA CHEVILLE EST GUÉ-RIE...
OUI, C'EST GRÂCE À VOUS.
ÔJI...
EST-CE QUE JE PEUX TE DEMANDER UNE FAVEUR ?
?
OUI.

MLLE !
QU... !
CHUT !
ELLE A L'INTENTION DE LUI FAIRE SA DÉCLARATION ?!?
PEUT-ÊTRE NE DEVRAIS-JE PAS MAIS...
ÉTRANGEMENT, J'ARRIVE À COMPRENDRE MLLE AKIMIYA...
NORMAL, NOUS SOMMES AMOUREUSES DU MÊME GARÇON...
ÔJI, JE VEUX QUE TU M'OFFRES TON CORPS ...
OUI, ÇA AUSSI JE COMPRENDS...

HEIN ?
VLAM
QUE FAITES-VOUS ?
TU ES SI MIGNON, ÔJI...

COMME TU ES UN GENTIL GARÇON...
TU VAS FAIRE TOUT CE QUE JE TE DEMANDE, HEIN ?
......!
ET JE VEUX QUE TU M'APPAR-TIENNES...

VITE ! PÂQUES ! FAIS QUELQUE CHOSE AU LIEU DE RESTER IMMOBILE COMME UNE STATUE !
OUI ! JE SUIS LE CHEF DE LA GARDE D'ÔJI...
JE SUIS LÀ POUR VEILLER SUR LUI ! MAIS DE LOIN...
BING
ESPÈCE D'INCAPABLE !
VLAM
ÔJI !!!
NE ME TOUCHEZ PAS !
VOUS AVEZ ENTENDU ? JE VOUS INTERDIS DE ME TOUCHER !

MON CŒUR ET MON CORPS...
N'APPARTIENNENT QU'À NAÉKO...

ÔJI...
MLLE KÔENJI... VOUS...
VOUS SORTEZ ENSEMBLE ?!?

QUELLE DÉSILLUSION...
PARDON, MLLE AKIMIYA ! MON RÔLE EST POURTANT DE VOUS AIDER À TROUVER UN PARTENAIRE MAIS...
JE NE M'INTÉRESSE QU'AUX PUCEAUX ET VOUS M'AVEZ VOLÉ CELUI-LÀ !
HEIN ?

J'AI RÉUSSI À ME FAIRE MUTER DANS UN LYCÉE POUR GARÇONS...
MAIS À NOTRE ÉPOQUE, ILS SONT DÉJÀ TOUS DÉPUCELÉS...
JE SUIS SI DÉÇUE ! MOI QUI PENSAIS QU'ÔJI ÉTAIT L'UN DES RARES À NE PAS AVOIR ÉTÉ UTILISÉ !
......
HEU, MLLE AKIMIYA...
SI VOUS QUITTEZ L'AGENCE CAMÉLIA, CE N'EST PAS POUR VOS SENTIMENTS POUR ÔJI ?
POUR MOI, ÔJI EST DÉJÀ CONSOMMÉ ! IL NE M'INTÉRESSE PLUS !
KLAAASH

S'IL VOUS PLAÎT ! VOUS N'AVEZ PAS DES COLLÉGIENS OU DES MINEURS À ME PRÉSENTER ?!?
JE VAIS VOUS DÉNONCER À LA POLICE SI VOUS CONTINUEZ !
DES GARÇONS QUI N'ONT PAS DE SUÇON DANS LE SLIP, S'IL VOUS PLAÎT !
HEU...
ESPÈCE DE... !
HI HI
AH J'TE JURE ! QUELLE ODIEUSE BONNE FEMME !
IL VA FALLOIR QUE JE LA CASE AVANT QU'ELLE N'APPARAISSE DANS LES FAITS DI-VERS...
ELLE ÉTAIT MEMBRE DE L'AGENCE, DONC...
PFUUU

EST-CE QUE J'AI VRAIMENT L'AIR...
D'UN PUCEAU ?
DISONS QUE TU ES TELLEMENT CRAQUANT QUE TU ATTIRES TOUTES LES FEMMES UN PEU BIZARRES...
VOUS... VOUS ÊTES SÉRIEUSE ?!?
JE BLAGUAIS !
MERCI ÔJI...
......?
"MON CŒUR ET MON CORPS N'APPARTIENNENT QU'À NAÊKO..."

Fin du chapitre 4

MESSAGE DE L'AUTEUR

ALORS, COMMENT TROUVEZ-VOUS MA NOUVELLE SÉRIE ?
MOI QUI AI L'HABITUDE DE TOUJOURS BOSSER À LA LIMITE DES DÉLAIS ET DE RENDRE « À L'ARRACHE » TOUTES MES PAGES, QUE JE SUIS HEUREUSE DE TENIR ENTRE MES MAINS UN VOLUME ENTIER ! NON, JE PLAISANTE. À L'HEURE OÙ J'ÉCRIS CES LIGNES, IL ME RESTE UN CHAPITRE À DESSINER ET LA PRODUCTION EST ENCORE LOIN D'ÊTRE LANCÉE... BREF.
MON HISTOIRE TRAITE DONC D'UN AMOUR ENTRE DEUX PERSONNES QUI N'ONT PAS LE MÊME ÂGE. MAIS BIZARREMENT, VOUS AUREZ REMARQUÉ QUE C'EST LE GARÇON (POURTANT PLUS JEUNE, HEIN) QUI POSSÈDE UN ÂGE MENTAL TROIS FOIS PLUS ÉLEVÉ QUE L'HÉROÏNE ELLE-MÊME...
J'ESPÈRE QUE LA SUITE DE MON HISTOIRE VOUS DONNERA SATISFACTION. EN ATTENDANT, N'HÉSITEZ PAS À ME FAIRE PART DE VOS COMMENTAIRES !

5
Mission : Princesse !

SUSHI
YO ! ÔZZI ! J'SUIS R'VENUE ! HIC !

どだーっ
KLONG

NAÉKO ! VOUS AVEZ ENCORE BU !
GRAND-MÈRE ! DE L'EAU !
J'ARRI-VE !
TCHOP TCHOP
SCEAU
HEU, UN VERRE SUFFI-RA !
CHAAAAAF
CERTES, C'EST LA FIN D'ANNÉE ET VOUS FÊTEZ ÇA ENTRE COLLÈGUES...
MAIS VOUS ALLEZ VOUS FAIRE DU MAL À BOIRE TOUS LES SOIRS !
Z'AI PAS LE CHOIX ! C'EST DES SORTIES AVEC LE BURÔÔÔÔ !
ENLEVEZ AU MOINS VOTRE MANTEAU !
TCHOP TCHOP

FUISH
VOTRE MAQUIL-LAGE !
METTEZ VOTRE PYJAMA !
VOUS VOULEZ ENCORE UN VERRE D'EAU ?
QUE TU ES GENTIL !
MON EX-MARI N'ÉTAIT PAS AUSSI DOUX ET ATTENTIONNÉ QUE TOI !
ZIIISH
HAAA... ♡

AAAH ! LE DOUX PARFUM DES P'TITS JEUNES ! ♡
MON EX-MARI PUAIT LE FAUVE ET L'EAU DE COLOGNE ! MOI, J'ADORE LE PARFUM NATUREL DE LA PEAU !
くんくん
SNIIIF ! SNIIIF !
....
OH LE JOLI TÉTON TOUT ROSE ! ZOUP ZOUP !
C'EST PAS BIENTÔT FINI, OUI ?
HE HE HE
RETIRE-MOI CE KIMONO !!!
しゅるん
SWOOOOSH
くるくる
ROLL ROLL
あああっ
WHAAAA
くるくる
ROLL ROLL
くるくる
ROLL ROLL

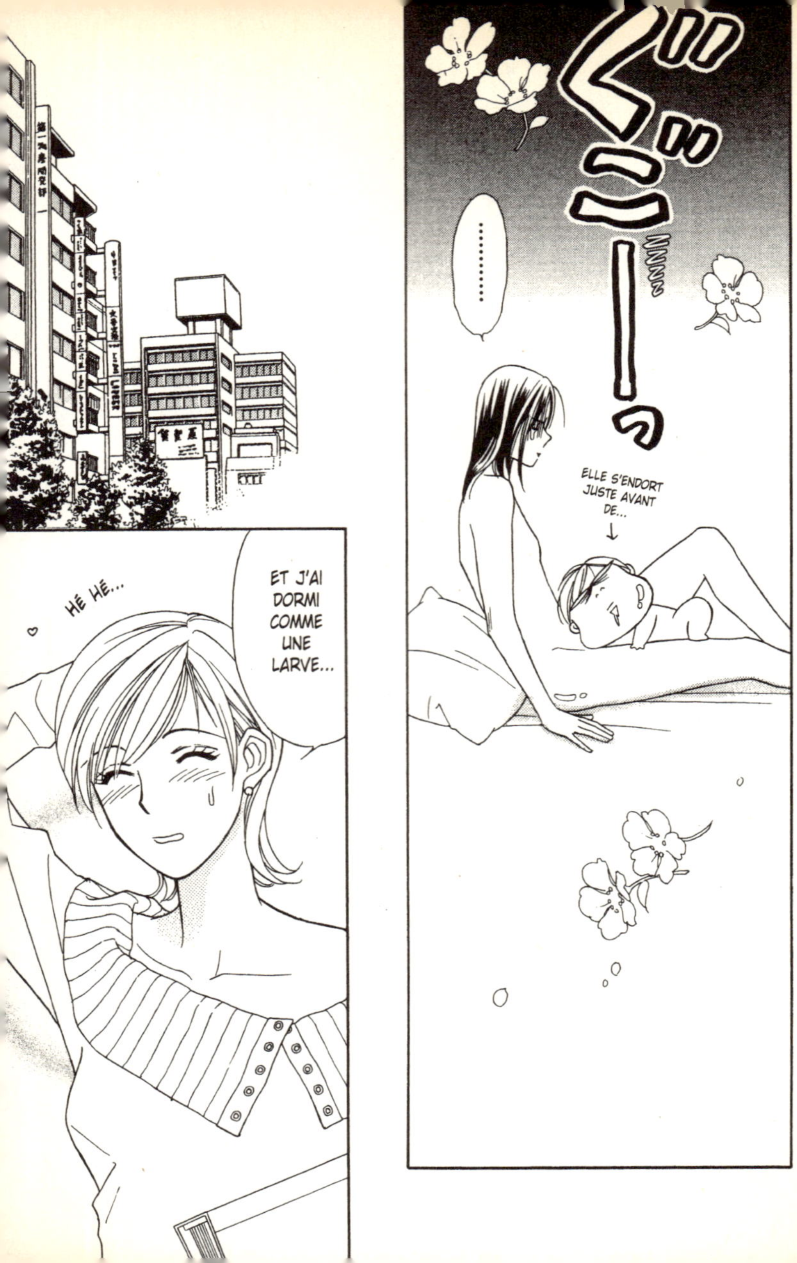

ぐごーっ
……
ELLE S'ENDORT JUSTE AVANT DE…
ET J'AI DORMI COMME UNE LARVE…
HÉ HÉ…

JE CROIS QUE JE N'AI PAS DE LEÇON À RECEVOIR DE TOI...
GRR !
C'EST UN COMPORTEMENT DE GOUJAT, ÇA...
HEIN ?
PARDON MÔSSIEUR ! DONC POUR RÉSUMER, JE VOUS SIGNALE QUE MON EX-MARI RENTRAIT COMPLÈTEMENT PÉTÉ À LA MAISON ! ET MÊME QUE PARFOIS, IL SE TROMPAIT DE MAISON POUR ALLER CHEZ D'AUTRES JEUNES FEMMES !
JE SUIS TON SUPÉRIEUR ! MERCI DE ME VOUVOYER !
TAP TAP
WHAAA !
POURTANT MON FRÈRE A UNE SAINTE HORREUR DES IVROGNES !
OUI BON BREF...
HUM ! HUM !

TU NE LE SAVAIS PAS ?
IL DÉTESTE DEUX CHOSES EN CE MONDE : LES IVROGNES ET...
LA COUENNE DE JAMBON.
C'EST UN VRAI MANIAQUE DE LA PURETÉ.
DANS MA FAMILLE, TOUTES LES FEMMES BUVAIENT ET JE CROIS QU'IL A ÉTÉ TRAUMATISÉ...
TU M'ÉCOU-TES ?
BLAAAASH

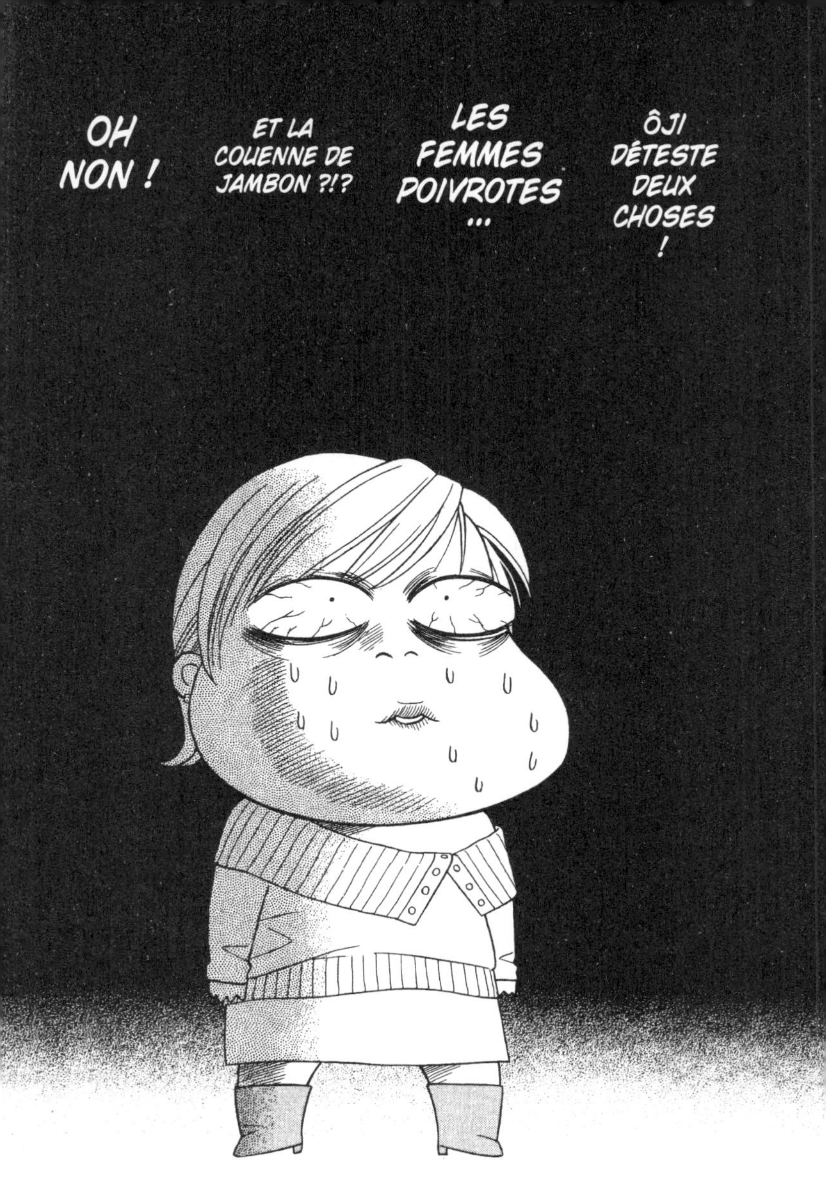
ÔJI DÉTESTE DEUX CHOSES !
LES FEMMES POIVROTES ...
ET LA COUENNE DE JAMBON ?!?
OH NON !

JE N'EN SAVAIS RIEN...
MÊME SI LES HOMMES QUI RAFFOLENT DES FEMMES IVROGNES NE DOIVENT PAS ÊTRE NOMBREUX...
ÔJI EST POURTANT TOUJOURS RESTÉ SOURIANT. MÊME QUAND JE REVENAIS UN PEU ÉMÉCHÉE...
JE SUIS DE RETOUR !
ヨロ
PLOP

OH, COUCOU NAÉKO !
VOUS REVENEZ TÔT CE SOIR !
......
JE N'AVAIS AUCUNE ENVIE DE BOIRE...
AH BON ?
EN REVANCHE, J'AVAIS ENVIE DE NOUS PRÉPARER UN BON PETIT REPAS !

MERCI !
J'AIME BIEN VOTRE CUISINE !
C'EST VRAI CE MENSON-GE ?
NON ! NON ! J'ADORE !
OSCAR, PAS TOUCHE À MA PART, HEIN !
BON, MOI JE VAIS MANGER DES SUSHIS AU RESTO DE M.HOSHI ...
ELLE CUISINE COMME UN PIED
ぱんっ
DANS CE CAS-LÀ, JE VAIS FAIRE DE LA LESSIVE !
JE M'EN SUIS DÉJÀ OCCUPÉ...
AH BON...
JE N'AI PAS OUBLIÉ DE NETTOYER VOS SOUS-VÊTEMENTS À LA MAIN.
AH... BON...
ÔJI... TU SAIS... TU PEUX ME DIRE TOUT CE QUE TU AS SUR LE CŒUR, HEIN !
C'EST À DIRE ?

HÉ BIEN, HEU...
TU SAIS, QUOI !
TOUTES LES CHOSES QUE TU AS À ME REPROCHER, TOUT ÇA...
OUI, TRIEZ MIEUX VOS POUBEL-LES...
JE NE TE PARLE PAS DE ÇA...
HA OUI ! FAITES MOINS DE BRUIT QUAND VOUS BUVEZ VOTRE SOUPE !
JE TE PARLE DE CHOSES PLUS SÉRIEUSES !
なめこ キライ

PAR EXEMPLE...
QUE TU DÉTESTES LES FEM-MES QUI BOIVENT...
IL Y A PEUT-ÊTRE D'AUTRES CHOSES QUI TE METTENT HORS DE TOI OU QUE TU NE PEUX SUPPORTER...
C'EST MON FRÈRE SÔICHI QUI VOUS A DIT ÇA ?

VOUS SAVEZ, JE N'AI RIEN DU TOUT À VOUS REPROCHER !
JE NE VOUS METS PAS DANS LE MÊME SAC QUE LES FEMMES QUI BOIVENT !
TU N'ES PAS OBLIGÉ DE SUPPORTER !
MAIS TOUT VA TRÈS BIEN POUR MOI !
ÔJI EST TRÈS ADULTE DANS SA TÊTE ET IL SE PEUT QU'IL SUPPORTE POUR NE PAS ME BRUSQUER...
DANS UN COUPLE, LA TOLÉRANCE EST TRÈS IMPORTANTE. C'EST PARCE QUE JE N'AI PAS SU ÊTRE ASSEZ OUVERTE QUE JE ME SUIS RETROUVÉE DANS UNE TELLE SITUATION...

MAIS...
SANTÉ !!!
MERCI À TOUS POUR VOTRE BON TRAVAIL CETTE ANNÉE !
ON A VRAIMENT BOSSÉ JUSQU'AU DERNIER JOUR DE L'AN !
MARIYA, VOUS BUVEZ COMME UN HOMME !
LA CLASSE !
ALLÔ ? ÔJI ?
OUI, JE SUIS TOUJOURS AU BUREAU. ILS ONT ENCORE ORGANISÉ UN POT ET...
OUI, JE PENSE QUE JE SERAI RENTRÉE AVANT LES DOUZE COUPS DE ※ MINUIT.

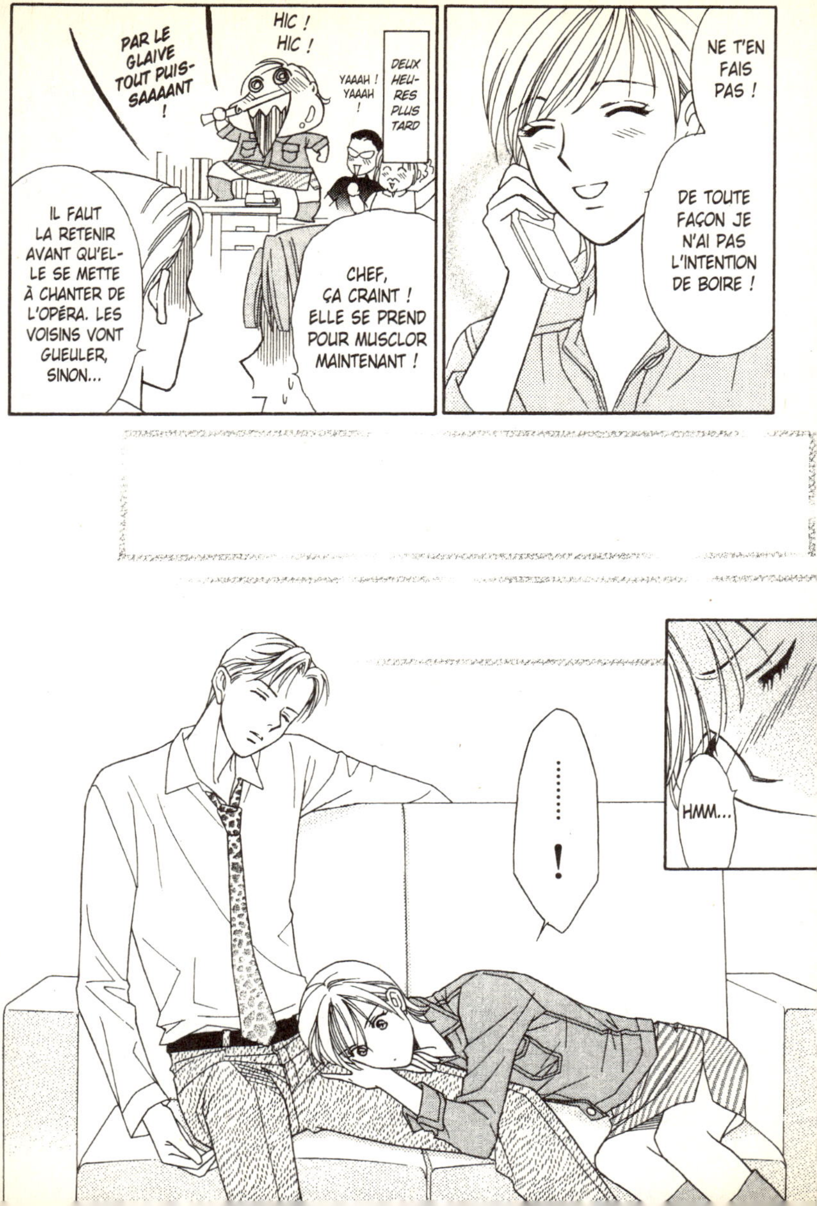
NE T'EN FAIS PAS !
DE TOUTE FAÇON JE N'AI PAS L'INTENTION DE BOIRE !
PAR LE GLAIVE TOUT PUIS-SAAAANT !
HIC ! HIC !
DEUX HEU-RES PLUS TARD
YAAAH ! YAAAH !
CHEF, ÇA CRAINT ! ELLE SE PREND POUR MUSCLOR MAINTENANT !
IL FAUT LA RETENIR AVANT QU'EL-LE SE METTE À CHANTER DE L'OPÉRA. LES VOISINS VONT GUEULER, SINON...
HMM...
......!

……
HMM ?
……!!
FUAAAAH
ENFIN RÉVEIL-LÉE ?
ILS SONT TOUS RENTRÉS.
TU TIENS VRAIMENT TOUJOURS AUSSI MAL L'ALCOOL, TOI !
QU… !
J'ESPÈRE QUE TU N'AS PAS OSÉ ME TOU-CHER !
BIEN SÛR !
OUF
FUISH
DU MOINS PAS ENCORE !

QU... !
ARRÊTE !
HUU...
TAP TAP
TAP TAP
C'EST QUOI CE BRUIT ?
ゴゴゴゴ
BROOOOH

ゴゴゴゴゴゴ
BROOOOOH
ÔJ...
ÔJI...

JE M'INQUIÉTAIS DE NE PAS VOUS VOIR RENTRER PLUS TÔT...
QUE...
QU'ÉTIEZ-VOUS EN TRAIN DE FAIRE ?
PARDON, J'AI UN PEU TROP BU ET...
OUI ! TOUT À FAIT !
JE VOUS DEMANDE CE QUE VOUS ÉTIEZ EN TRAIN DE FAIRE !!!
ÔJI ! IL S'AGIT D'UN SIMPLE MALENTEN-DU...
J'ÉTAIS SÛR QUE...
VOUS AVIEZ ENCORE UNE RELATION AVEC MON FRÈRE !

ÔJI... TU...
C'EST VRAIMENT...
CE QUE TU CROIS ?
TON VISAGE ...
NE LAISSAIT RIEN PARAÎTRE MAIS...
TU DOUTAIS VRAIMENT DE NOUS ?

ÔJI ! TU N'AVAIS DONC PAS CONFIANCE EN MOI DEPUIS LE DÉBUT ?
JE... JE NE SUIS PAS AUSSI...
ADULTE QUE VOUS L'IMAGINEZ !

OUAIS MAIS J'ÉTAIS LOIN DE PENSER QUE TU ÉTAIS UN SALE MIOCHE À CE POINT !
OUI MAIS !
COMMENT PENSER AUTRE CHO-SE APRÈS VOUS AVOIR TROUVÉS DANS LES BRAS L'UN DE L'AUTRE !
COMMENT PEUX-TU IMA-GINER QUE J'AIE ENVIE D'EMBRASSER UN BOULET COMME LUI ?
HEU...
CE GROS NAZE, VOUS L'AVEZ QUAND MÊME ÉPOUSÉ UNE FOIS, NON ?
HEU...
RHAAA ! VOUS N'ÊTES PAS FRÈRES POUR RIEN, VOUS DEUX !
OUI ! ET ON SOUFFRE TOUS LES DEUX À CAUSE DE LA MÊME FEMME, D'AILLEURS !

TU PEUX ME DIRE QUAND JE T'AI FAIT SOUFFRIR ? QUEL JOUR ? QUELLE HEURE ?
ÇA NE SERA PAS DIFFICILE ! TOUS LES SOIRS, J'ÉCRIS VOS CO-CHONNERIES DANS MON JOURNAL !
どっかん
KLAAASH
BARREZ-VOUS, BANDE DE BOUFFONS !
ZUUUUIP

DING !
DING !
OH ! LA CLOCHE...
DE MINUIT...
OUI ...

PARDON ...
NON, C'EST MOI. PARDON...
DING !
BON, YURIKO, ON SE VERRA DANS MA RÉSIDENCE SECONDAIRE... MAIS CHUT, HEIN !
MERCI MONSIEUR LE MINISTRE...
ZZZ
DIRE QUE J'AVAIS TOUT PRÉPARÉ POUR LES DOUZE COUPS DE MINUIT À LA MAISON...

OUI BAH PARDON !
TU ES RANCUNIER ?
OUI, COMME TOUS LES GOSSES ! IL FAUDRA UN CERTAIN TEMPS AVANT QUE J'OUBLIE.
JE CROYAIS QU'ON AVAIT FAIT LA PAIX !
SLURP
OUI...
MAIS DORÉNAVANT, JE NE ME GÊNERAI PLUS POUR VOUS FAIRE DES REMARQUES !
HE HE HE
HMM...

TOUT D'ABORD !
JE NE VEUX PLUS QUE VOUS BUVIEZ ! C'EST MAUVAIS POUR LA SANTÉ ET J'AI HORREUR DES GENS QUI EMPESTENT L'ALCOOL !
OU... OUI...
ENSUITE, POUR LA SOUPE...
JE VEUX QUE VOUS FASSIEZ MOINS DE BRUIT ! SUIS-JE CLAIR ?
HUU...
TRÈS CLAIR...
ET J'EXIGE ENFIN QUE VOS LÈVRES NE SOIENT PLUS FRÔLÉES PAR AUCUN AUTRE HOMME QUE MOI !
......!

HMM
HAA
ÔJI...
HAA...

AAAH ! NON...
NE JOUE PAS COMME ÇA AVEC MOI...
VIENS...
LES ENFANTS ADORENT FAIRE LE CONTRAIRE DE CE QU'ON LEUR DIT...
SLURP
......
ÔJI...

VOUS...
VOUS ÊTES À MOI...
TU JOUES LES GRANDS GARÇONS...
MAIS COMME UN GOSSE...
TU NE RÉALISES PAS À QUEL POINT JE SUIS FOLLE DE TOI !

Fin du chapitre 5. Suite dans le volume 2.

SOLEIL
MANGA

Écrivez-nous à :
Soleil Manga
25, rue Titon
75011 Paris - France
manga@soleilprod.com

Titre original : ITADAKIMASU by Yuki YOSHIHARA

Original Japanese edition published in 2004 by Shogakukan Inc., Tokyo
French translation rights arranged with Shogakukan Inc.
Through The Kashima Agency

15, bd de Strasbourg
83000 Toulon - France
Traduction : Florent Gorges
Lettrage : Studio Charon
Dépôt légal : Novembre 2007
ISBN : 978-2-30200-022-3
Impression : AUBIN IMPRIMEUR - France